W0270856

TOUCH ME TIGER

KAT LAWRENCE

EDITION AUTORENFLÜSTERIN

Die Autorenflüsterin

Dr. Barbara Prill

Sandhöhe 8A

21435 Stelle

www.dieautorenfluesterin.de

Texte: Kat Lawrence

Cover & Lektorat: Edition Autorenflüsterin

ÜBER DAS BUCH

Kate:

Glaubst du an Märchen? Prinzen und Prinzessinnen? Ritter in glänzender Rüstung? Gestaltenwandler?

Ich nicht!

Fast mein ganzes Leben verbrachte ich mit einem zusammen und hasste ihn wie die Pest. Arroganter, selbstverliebter Mistkerl! Gutaussehend, erfolgreich, beliebt und immer besser als ich.

Ich verabscheute ihn, bis sein Kuss mir den Verstand raubte und ich die Flucht ergriff. Die Umstände zwingen mich zu Rückkehr und ich muss mich ihm stellen…ihm und dem Tiger.

Killian:

Glaubst du an Märchen? Schöne, willige Prinzessinnen? Ihre Retter und Gefährten?

Ich ja! Denn ich bin einer davon! Fast mein ganzes Leben kenne und liebe ich die Eine. Meine Prinzessin. Meine Gefährtin! Doch sie ist eine eingebildete Zicke, die mich immer wieder von sich stößt und auf Abstand hält. Jetzt kommt sie zurück und ich habe nur die eine Chance, endlich zu bekommen, was ich so lange begehre. Mein Tiger und ich werden sie uns holen, ob sie will oder nicht!

1

STIEFBRUDER

»Jack, mit meinem Urlaub nächste Woche, geht da alles in Ordnung?«, fragte Kate ihren Boss, der sie stirnrunzelnd anblickte.

»Kate Matthews, du willst mich wohl auf den Arm nehmen? Du hast nicht im Ernst gerade unserer Firma einen Millionen-Werbedeal verschafft und willst freinehmen? Tut mir leid, so läuft das nicht, das weißt du. Wir haben jetzt höllisch viel Arbeit vor uns und brauchen jeden Mitarbeiter. Vor allem dich.«

Erleichterung kam in ihr auf. Gut, dann müsste sie doch nicht zu der Hochzeit ihrer Mutter fliegen. Vier Jahre hatte Kate erfolgreich einen Bogen um Zuhause gemacht und sie hoffte auf noch ein paar Jahre mehr. Keine andere Entschuldigung hätte ihre Mum gelten lassen, aber wenn´s um die berufliche Karriere ging, zeigte sie stets großes Verständnis.

Jack blickte sie forschend an, schloss die Bürotür und trat einen Schritt auf sie zu.

»Das war nur Spaß, Kate. Du kennst doch meinen trockenen Humor. Niemals würde ich dich von der Hochzeit deiner Mutter fernhalten. Zumal du den Urlaub schon vor Monaten eingereicht hast.« Er musterte sie von oben bis unten, dabei blieb sein Blick auffallend lange an ihrem tief ausgeschnittenen Dekolleté hängen.

»Allerdings wüsste ich einiges, womit du deinen Abschied würzen könntest. Lass uns doch dort weitermachen, wo wir letzte Woche aufgehört haben.« Er beugte sich zu ihr und fuhr fort: »Ein paar Drinks in einer Cocktailbar und das Dessert in meinem Penthouse. Na, was hältst du davon, hast du mal wieder Lust?«

Kate stöhnte innerlich auf. Niemals hätte sie sich auf ihren Chef einlassen sollen. Dieser Ausrutscher neulich abends war unverzeihlich gewesen. Gut, sie hatte definitiv zu tief ins Glas geschaut gehabt, doch das war keine Entschuldigung. Jack steckte nicht nur mitten in einer Rosenkrieg-Scheidung, sondern war auch überhaupt nicht ihr Typ. Ok, er sah gut aus, mit seinen dunklen Haaren und dem schlanken, wohl definierten Körper. Aber er war der Boss der Werbefirma, bei der sie seit einigen Jahren enorm erfolgreich arbeitete.

Inzwischen schätzte er ihre Meinung und sie hatte sich ihre Position als seine rechte Hand hart erarbeitet, das durfte sie keinesfalls mit einer Affäre aufs Spiel setzen. Oder vielmehr: mit einem unbedeutenden One-Night-Stand. Weiß der Geier, was sie dazu geritten hatte!

Die letzten Jahre war sie mit gelegentlichen Dates ganz gut über die Runden gekommen. Klar, mehrere Anläufe zu einer ernsthaften Beziehung hatte es auch gegeben. Aber nach wenigen Monaten waren diese Versuche immer im Sande verlaufen. Sie hatte schlichtweg keine Zeit für eine Beziehung. Jedenfalls redete sie sich das immer ein. Die Wahrheit war, dass ER ihr einfach nicht aus dem Kopf ging.

Killian und sie hatten sich vom ersten Tag an gehasst. Dieser hübsche blonde Junge mit dem Sieger-Lächeln und einer Selbstsicherheit, die später in Arroganz überging. Ständig wickelte er mit seinem spitzbübischen Grinsen und seinen lockeren Sprüchen alle um den Finger. Während sie, Kate, immer in seinem Schatten stand. Es war so, als würde er alles überstrahlen und sie damit in die Ecke drängen. Jedenfalls kam es ihr bis heute so vor. Richtig kompliziert wurde es dann durch diesen verdammt bescheuerten Kuss. Trotzdem lag sie manchmal nachts wach und träumte von ihm. Von seinen gierigen und dennoch sanften Lippen, die zuvor nicht gekannte Gefühle in ihr auslösten. Schon drohte sie in ihren Tagträumen zu versinken, als Jack sie plötzlich ins Hier und Jetzt zurückholte.

»Kate, was ist los, träumst du von unserer Nacht? Kein Problem, das können wir gerne wiederholen. Also was ist jetzt, bist du dabei?«

Mist, verfluchter, wie kam sie aus der Sache wieder

heraus? Dieser One-Night-Stand mit dem Boss war wirklich eine unglaubliche Dummheit gewesen. Schade nur, dass sie nicht vorher so schlau war, es als Fehler zu erkennen.

»Jack, hör zu«, begann sie und betete, dass er das Folgende gut aufnahm. »Die Nacht mit dir war grandios und du bist ein sensationeller Liebhaber. Es ist nur so, dass mein Herz nicht frei ist. Momentan möchte ich mich auf keine Beziehung einlassen. Sorry. Kannst du das verstehen?«

Sein ungläubiger Blick schrie »Nein«, doch zugleich schienen ihre Worte sein Ego gestreichelt zu haben, was auch ihre Absicht war. Denn so toll war der Sex mit ihm leider nicht gewesen, auch wenn er sich sehr bemüht hatte, es ihr recht zu machen. Etwas hatte gefehlt. Manchmal verstand sie sich selbst nicht.

»Wieso wusste ich bisher nichts davon, dass dir jemand anderer im Kopf herumspukt?«

»Ach, die Antwort darauf ist einfach: Du bist mein Boss und nicht meine beste Freundin, der ich alles erzähle«, stellte sie klar.

Jack nickte nachdenklich und trat einen Schritt zurück.

»In Ordnung, Kate. Ich will nur, dass du weißt, dass ich hier bin. Allerdings solltest du mich nicht zu lange zappeln lassen, es gibt genügend Frauen, die Interesse an mir haben.« Er grinste anzüglich und Kate wurde beinahe übel davon. »Aber falls du in ein paar Wochen anders darüber denkst«, er schnippte mit den Fingern, »ein Wort genügt.«

Sie musste sich enorm zusammenreißen, um nicht die Augen zu verdrehen.

»Nein, Jack, ich werde meine Meinung nicht ändern. Eine Beziehung mit dir kommt nicht infrage.« Als seine Miene sich verdüsterte, fügte sie versöhnlich hinzu: »So toll die Nacht mit dir auch war.«

Damit gab er sich endlich zufrieden und sie konnten ihrer täglichen Arbeit nachgehen– wovon es eine Menge gab.

~

Die nächsten Tage erstickte sie beinahe am Stress, zum Glück. Denn dadurch dachte sie nicht allzu viel an die bevorstehende Hochzeit. Doch plötzlich war es soweit und sie musste ihren Koffer für den Flug von New York nach Montana packen. Montana, das Land der idyllischen Natur. Das hatte sie manchmal schon vermisst. New York war fantastisch, das pure Leben, immer am Puls der Zeit. Hier wurde es nie langweilig und sie hatte immer genug Möglichkeiten für Unternehmungen mit ihren Freunden und Kollegen.

»Sarah, dieses Kleid brauche ich nun wirklich nicht, das kannst du sofort wieder in den Schrank zurück hängen«, wies sie ihre beste Freundin an, die sie beim Packen unterstützte und dabei ständig herumalberte.

Sarah war stets fröhlich und brachte mit ihrer Unternehmungslust viel Schwung in Kates Leben.

»Kate«, grinste sie schelmisch. »Das ist das heißeste Kleid, das du besitzt. Es steht dir ausgezeichnet und bringt deine Kurven zur Geltung. Daher wäre es ein Verbrechen, wenn es im Schrank verstaubt. Nimm es mit, wer weiß, vielleicht ergibt sich die Gelegenheit, es zu tragen.« Sarah lächelte breit und warf ihre schulterlange, blonde Mähne mit Schwung zurück. Sie trat hinter sie, nahm Kates Haare zusammen und drehte sie am Oberkopf zu einem lockeren Knoten. »Das, meine Süße, würde fantastisch dazu aussehen. Ich liebe deine feuerroten Locken. Aber stilvoll zu einem lässigen Knoten gebunden, einige Kupferlocken umrahmen dein hübsches Gesicht, das rote Kleid schmiegt sich wie eine zweite Haut an dich, da kann kein Mann widerstehen. Gönn dir etwas Spaß, du arbeitest zu viel. Nutz die Zeit in Montana und hau mal richtig auf den Putz. Ich wette, dort gibts attraktive Männer, oder? Mit einem Body wie bei den Jungs vom *Fire Police Departement*. Du weißt schon, die Truppe, die jedes Jahr den heißen Kalender herausbringt.« Verschwörerisch zwinkerte sie Kate zu, denn die hatte den Kalender in ihrem Badezimmer hängen. Irgendwie war das ja peinlich. Allerdings hing der Fotokalender dort nur, weil Sarah ihn ihr jedes Jahr schenkte.

»Sarah, es ist ein Klischee, dass Männer aus Montana alle super trainierte Körper haben. Da gibt es auch keine anderen Kerle als hier, glaub mir.« Doch beim Gedanken an Killians muskulösen Körper wurde ihr glutheiß.

»Ach ja, und weshalb bist du dann mit einem Mal rot wie ein Feuerball?«, wollte ihre Freundin wissen. Mist, ertappt.

»Geht´s wieder mal um deinen Stiefbruder? Herrje, bring das endlich hinter dich. Schlaf mit ihm und fertig. Sonst kriegst du ihn nie aus dem Kopf, glaub mir. Vermutlich reizt dich das Verbotene an der ganzen Sache. Wenn ihr aber einmal miteinander Sex hattet, kannst du ihn abhaken und bist endlich frei für andere Männer. Tu es, Kate. Beende dieses Drama!«

Vielleicht hatte ihre Freundin ja recht. Kate kam kurz ins Grübeln, verwarf den Gedanken aber bald wieder. Auf keinen Fall durfte sie sich wieder auf Killian einlassen. Er war wie Familie, wenn auch nicht ihr leiblicher Bruder. Die letzten Jahre im gemeinsamen Haus hatte sie ihn kaum gesehen, da er um einiges älter war. Er war ausgezogen, um zu studieren, war nur alle paar Monate zu Besuch gekommen und so immer mehr zu einem Fremden für sie geworden.

An einem Sonntag in den Ferien war es passiert. Killian hatte sie geküsst. Und noch viel mehr, wie sie sich aber nur ungern eingestand. Davon hatte sie nicht einmal ihrer besten Freundin erzählt. Nah beieinander auf der Wiese zu liegen und seine Hände auf ihren Brüsten zu fühlen, war nahezu perfekt gewesen. Und verboten, weshalb sie auch kurz danach beschlossen hatte, das

Jobangebot in New York anzunehmen und kurzerhand dorthin zu ziehen.

Erst die Trennung von Mum und Peter und wenig später dieser verbotene Kuss, das war einfach zu viel gewesen. Sie wollte nur noch weg, für eine Weile zumindest. Inzwischen waren daraus mehrere Jahre geworden.

Kate seufzte tief auf, denn ein Teil von ihr hatte Angst, ihn wiederzusehen. Angst davor, was sein Anblick in ihr auslösen könnte. Sarah schien ihr die Beunruhigung wohl anzusehen, denn sie nahm sie in die Arme und strich ihr beruhigend über den Rücken.

»Ist schon gut, Süße, du schaffst das. Mach dir keinen Kopf. Und wenn alle Stricke reißen, fliegst du einfach früher wieder zurück. Ich bin für dich da, vergiss das nicht, ja?«

Kate nickte, atmete tief durch und fuhr dann entschlossen fort, ihren Koffer zu packen. Nur zwei Wochen wäre sie auf Reisen, die würden bestimmt ruckzuck vorbeigehen, sie musste sich einfach nur etwas zurückhalten.

»Auf Mums neuen Mann bin ich etwas gespannt«, gab sie Sarah gegenüber zu. »Bisher kenne ich diesen Mike ja nur von Fotos und vom Skypen. Da kam er recht sympathisch rüber. Er ist Trainer einer ziemlich erfolgreichen Footballmannschaft. Mum strahlt nur noch, seit sie ihn kennt. Sie scheint sich irgendwie verändert zu haben und zeigt mehr Interesse an mir. Ständig schickt sie mir Nachrichten und E-Mails und drängt mich seit Monaten, dass ich sie besuchen komme.«

»Aha. Na, das klingt doch gut«, sagte Sarah und lächelte. »Sehr bewundernswert find ich auch die Tatsache, dass sich ihr Ex-Mann Peter und ihr Zukünftiger anscheinend so gut verstehen, dass er sogar zur Hochzeit eingeladen ist.«

»Ja, das ist wirklich ungewöhnlich«, meinte Kate. »Aber Peter ist ein Schatz, ein so großmütiger Mensch, dass sich eigentlich jeder mit ihm versteht. Umso seltsamer ist es, dass Killian derart arrogant rüberkommt. Das hat er hundertprozentig nicht von seinem Vater«, kommentierte sie trocken.

»Ja, aber vielleicht macht dies ja einen Teil seines Reizes auf dich aus. Wir Frauen stehen leider oft auf Männer, die nicht so lieb und nett sind. Wir wollen die Arroganten, die Arschloch-Männer. Und warum? Um sie zu verändern und zum Traumprinzen zu machen. Weil wir alle noch an Märchen glauben. Du genauso wie ich, nicht?« Sarah lachte und Kate stimmte sofort mit ein. Es tat gut, mit der Freundin darüber zu reden, so wirkte alles eine Spur weniger bedrohlich auf sie.

Am nächsten Morgen ging es früh los. Sarah fuhr Kate halb sieben zum Flughafen und die beiden verabschiedeten sich herzlich. Ein seltsames Kribbeln machte sich in ihrem Bauch breit, als sie alleine auf das

Boarding wartete. Eine Nachricht ihrer Mutter schaffte es, sie noch nervöser zu machen:

Schatz, du kannst dir gar nicht vorstellen, wie sehr ich mich auf unser Wiedersehen freue. Es ist für mich ein ebenso großes Highlight wie die Hochzeit. Endlich vereinen sich alle Menschen wieder, die mir am Herzen liegen. Leider kann ich dich nicht vom Flughafen abholen, da meine Brautkleid-Anprobe für die letzten Änderungen ansteht. Aber Killian empfängt dich dort und fährt dich nach Hause. Bis bald, meine Süße.

Killian würde sie abholen? Sie wäre also ganz alleine mit ihm in einem Auto? Herr im Himmel, das konnte was werden.

Im Flieger stieg die Nervosität so stark an, dass sie sich dabei erwischte, wie sie an den frisch manikürten Nägel knabberte. Die Zeilen ihrer Mum waren sehr liebevoll gewesen, so etwas hatte sie ihr noch nie geschrieben – oder gesagt. Kate konnte sich nicht an eine einzige Situation in ihrem Leben erinnern, bei der ihre Mum sie in die Arme genommen oder in irgendeiner Form ihre Zuneigung gezeigt hatte. Für ihren Ziehsohn Killian hatte sie stets nette Worte gehabt, nicht jedoch für ihre eigene Tochter.

Was hatte diese Veränderung in ihrem Verhalten ausgelöst? Die lange Zeit der Trennung oder der neue Mann in ihrem Leben? Sie wusste es nicht, blieb aber ihrer Mum gegenüber vorerst misstrauisch.

Erst einmal musste sie die Begegnung mit Killian überstehen, ohne in Flammen aufzugehen.

2
DAS WIEDERSEHEN

»Hey Kitty-Kat«, begrüßte er sie und sein bloßer Anblick riss ihr den Boden unter den Füßen weg. In den vergangen drei Jahren war er noch umwerfender geworden.

Groß, unglaublich groß, mit schokoladenbraunen Augen und derart hellem Haar, dass es wie die Sonne leuchtete, die zur hellsten Mittagsstunde am Himmel stand. Dazu ein sonnengebräunter, ebenmäßiger Teint, strahlend weiße Zähne und Muskeln, die jedes Shirt überflüssig werden ließen. Er sah aus, als wäre er gerade als griechischer Gott vom Olymp herabgestiegen, um die Frauenwelt auf Erden zu verzaubern. Halleluja, was für ein Anblick. Sie war derart gefangen von diesem heißen Kerl, dass es ihr sekundenlang die Sprache verschlagen hatte und sie sich nicht einmal über diese bescheuerte Anrede ärgern konnte. Zuerst nicht, jetzt jedoch schon.

Sie zog die Augenbrauen zusammen und stemmte ihre Hände in die Seiten.

»Ich heiße Kate, nicht Kitty-Kat, das hab ich dir schon hundertmal gesagt. Dieser alberne Spitzname klingt eher nach einem Kuscheltier, als nach einer Frau, wie ich es bin.«

Sein Lächeln verschwand und er musterte sie ernst von oben bis unten. Dann pfiff er leise durch die Zähne. »Verdammt noch mal, hast du dich gemausert, Kitty-Kat. Eine Frau bist du sehr wohl, und was für eine. Die Typen müssen Schlange stehen bei dir. Aber jetzt lass dich erst einmal umarmen zur Begrüßung.«

Mit einer einzigen flinken Bewegung zog er sie zu sich heran und drückte sie fest an sich. Dann raunte er in ihr Ohr: »Wieso, verflucht noch mal, hat das so lange gedauert?«

Erstaunt löste sie sich von ihm und nahm wahr, wie gut er immer noch roch. Wild und männlich, nach Wald und Abenteuer.

»Ich hab keine Ahnung, was du meinst. Mein Flieger war absolut pünktlich, auf die Minute genau«, antwortete sie.

Kopfschüttelnd betrachtete er sie.

»Dein Flieger schon, aber du selbst bist vier Jahre zu spät. Weshalb nur hast du dich nicht mehr hier blicken lassen?«

Ertappt schaute sie für den Bruchteil einer Sekunde zu Boden, straffte dann die Schultern und antwortete:

»Ach, du weißt doch, wie das ist. Man hat so viel

Stress mit dem Beruf, dass man den Besuch immer wieder nach hinten verschiebt. Und ehe man sich versieht, sind ein paar Jahre vergangen. Sag bloß nicht, dass du so oft hierher geflogen bist, um deinen Dad zu sehen?«

Der Blick, mit dem er sie bedachte, war seltsam und für sie nicht zu deuten. Statt einer Antwort, packte er ihren Koffer und ging einfach los. Kate strich unschlüssig über ihren schwarzen Lederrock, der knapp über ihren Knien endete. Ein vorbeigehender Mittzwanziger schnalzte bei ihrem Anblick mit der Zunge. Demonstrativ rollte sie mit den Augen und folgte langsam ihrem Stiefbruder. Bruder, das Wort passte überhaupt nicht zu ihm. Er war ihr weder vertraut, noch hegte sie familiäre Gefühle für ihn. Im Moment erschien er ihr eher wie ein Buch mit sieben Siegeln, allerdings in extrem verführerischer Verpackung.

Kates dunkelgrüne Satinbluse fühlte sich kühl und beruhigend auf ihrer erhitzten Haut an. Ein paar Minuten mit ihm, und schon lief der Schweiß in dünnen Rinnsalen zwischen ihren Brüsten hinunter. Na toll, was für ein grandioser Beginn ihres Urlaubs. Noch schlimmer war jedoch, dass er sich nicht ein einziges Mal nach ihr umschaute. Nein, dieser Mistkerl marschierte in einem Affenzahn zum Parkplatz nach draußen, anscheinend völlig unbeeindruckt von ihrem Wiedersehen. Hatte er so wenig für sie übrig? Sie hatte ja wirklich keine Luftsprünge von ihm erwartet. Aber dass er vor ihr flüchtete, als sei sie ihm unangenehm, war schon eine derbe Enttäuschung für sie.

Schließlich stoppte er bei einer ihr wohlbekannten Rostlaube, klappte das Blech der Ladefläche nach unten und schmetterte unsanft den Koffer darauf. Unfassbar, er fuhr immer noch seinen halb verrosteten Pick-up. Schon damals hatte sie sich über das schrottreife Teil lustig gemacht, nun löste sich ein Kichern aus ihrer Kehle.

»Nicht dein Ernst, du fährst dieses Ding noch? Ich glaube nicht, dass mein Koffer darauf sicher ist.« Lachtränen lösten sich aus ihren Augenwinkeln und ihr Körper bebte vor Lachen. Doch das sollte ihr bald schon vergehen, wie sich nun zeigte.

Killian verzog das Gesicht zu einer hämischen Grimasse und war nun froh, seinen alten Wagen aus dem Schuppen geholt zu haben, anstatt den Jaguar zu nehmen, den er sonst fuhr. Sonst hätte er ihre ungewohnte Freundlichkeit ihm gegenüber noch ernst genommen. Dieses Biest hatte sich kein bisschen verändert, wie sich durch ihre Bemerkung eben gezeigt hatte. Sie war immer noch dieselbe Giftspritze wie damals. Nichts, was er je getan oder gesagt hatte, war in Ordnung für sie gewesen. Stets hatte sie etwas auszusetzen gehabt, hatte bei jeder sich ihr bietenden Gelegenheit gestichelt und kritisiert.

In einem Anflug von Nostalgie wollte er sie mit dem alten Wagen abholen, den sie früher immer für kurze

Ausflüge zum See genutzt hatten. Doch, anstatt sich darüber zu freuen, hatte sie sich nun – wieder einmal – lustig über ihn gemacht. Sie sah zwar anders aus, weiblicher, erotischer und irgendwie verdammt attraktiv, doch sie war immer noch dieselbe Zicke. Das durfte er nicht vergessen. Egal, wie sehr er sich stets um sie bemüht hatte, regelrecht nach ihrer Zuneigung gebettelt hatte, für sie war er immer nur der windige Sohn ihres Stiefvaters gewesen. Verantwortungslos und leichtlebig, so hatte sie ihn damals genannt. Nun gut, er wollte diesem Ruf keine Schande machen und ihr in den nächsten Wochen genau diesen Kerl bieten. Auch wenn er eigentlich komplett anders war, aber das hatte sie damals schon nicht erkannt. Ein einziges Mal hatte er so etwas wie Hoffnung verspürt: dieser eine Nachmittag am Seeufer, mitten auf der Wiese. Die Art, wie sie ihn küsste, wie sie ihn streichelte und liebkoste. Als würde sie ihn genauso vergöttern, wie er sie schon seit Jahren. Doch nein, danach hatte sie ihn völlig ignoriert und kein einziges Mal mehr mit ihm gesprochen. Und dann war sie abgereist. Ohne richtigen Abschied ihm gegenüber. Von einem Tag auf den anderen war es still im Haus geworden. Und er war alleine, ohne sie. Zwei Wochen später war auch Christie, seine Stiefmutter ausgezogen.

Doch genug der Grübeleien, er war jetzt kein verliebter Jüngling mehr und konnte ihr die Stirn bieten. Noch einmal ließ er sich nicht an der Nase herumführen. Killian zeigte auf die Ladefläche des alten Pick-ups.

»Na los, worauf wartest du, steig schon ein.«

Kate riss ihre Augen auf und klappte die Kinnlade nach unten.

»Darauf? Spinnst du? Nie im Leben, ich sitz natürlich vorne, neben dir.« Schnellen Schrittes eilte sie zur Beifahrertür, riss sie auf und ... erstarrte sichtlich. Kühl lächelnd hielt ihr Lindsay die Hand hin.

»Hey, freut mich dich kennenzulernen. Ich bin Lindsay, Killians Freundin.«

Alleine Kates entsetzter Gesichtsausdruck war es wert, Lindsays Spruch anstandslos zu schlucken. Denn ein Paar waren sie nicht, jedenfalls nicht im üblichen Sinn. Sie hatten Sex, immer mal wieder, ja. Sie gingen miteinander aus, ab und zu zumindest, und trafen sich regelmäßig als Freunde. Aber romantische Gefühle gab es da keine, es war eine Art Zweckgemeinschaft, worüber sie beide auch offen miteinander redeten. Sie fanden sich gegenseitig einigermaßen attraktiv, mochten sich, waren aber nicht ineinander verliebt.

Kate entzog Lindsay ihre Hand, als hätte sie sich verbrannt. Ok, anscheinend mochte sie Lindsay nicht, doch das hatte er auch nicht anders erwartet. Kate mochte nichts und niemanden, der mit ihm zu tun hatte. Jedenfalls mied sie ihn und seine Freunde, wann immer sie konnte – damals wie heute, offensichtlich.

KATE SCHLUCKTE MEHRMALS. *Hell no, er hatte eine Freundin?* Damit hatte sie überhaupt nicht gerechnet, wie dumm von ihr. Natürlich lief ein Kerl wie er nicht alleine durchs Leben, das war ja sonnenklar. Enttäuschung übermannte sie und Kate musste zugeben, dass diese Runde an ihn ging.

»Du hast gewonnen, ich steig hinten auf. Aber tu mir den Gefallen und fahr anständig, ok? Damit meine ich: Mach einen großen Bogen um Schlaglöcher und fahr langsam!«

Breit grinsend ging er zur Fahrertür und stieg ein. Einen Teufel würde er tun. Endlich hatte er mal Gelegenheit, sich für all diese kleinen Gemeinheiten zu rächen, die sie ihm früher angetan hatte. Er war kein Engel, natürlich freute er sich darüber, es ihr heimzuzahlen. Während der nächsten 20 Minuten fuhr er keinesfalls halsbrecherisch. Aber statt der neu asphaltierten Straße nahm er die alte Holperpiste und hielt stets mitten auf die Schlaglöcher zu. Sein Grinsen weitete sich immer mehr auf seinem Gesicht aus, auch Lindsay quietschte immer wieder vor Entzücken. Schließlich aber hörte er nach den unzähligen Wutschreien auch einen deutlichen Schmerzensruf von der Ladefläche. *Genug ist genug*, dachte er, hielt an und winkte Kate nach vorne. Lindsay verzog verärgert das Gesicht und er erwartete schon ihren lautstarken Protest, doch Kate überraschte sie beide.

»Nein, lass mal. Ich will euch da vorne nicht stören. Es wäre nur nett, wenn du größere Unebenheiten auf der Straße umfahren könntest. Ich möchte ungern mit einem von blauen Flecken übersäten Körper auf der Hochzeit meiner Mutter auftauchen. Mein Kleid ist ziemlich kurz, musst du wissen.«

Shit, jetzt hatte er ein schlechtes Gewissen und auch Lindsay schaute nicht mehr ganz so fröhlich drein. Den Rest des Weges fuhr er überaus behutsam und peinlichst darauf bedacht, jegliche Erschütterung zu vermeiden.

Kaum angekommen, sprang er aus dem Wagen und wollte ihr beim Absteigen von der Pritsche helfen, doch sie schenkte ihm einen Blick, der töten könnte, und wehrte seine angebotene Hand ab.

»Kate, sorry, das war blöd von mir«, gab er zu. »Manchmal kann ich ein echter Mistkerl sein, tut mir leid. Alles in Ordnung?«

Sie nickte, doch es war klar, dass sie einige schmerzhafte Stöße abbekommen hatte. Vorsichtig legte er die Hand auf ihre Schulter.

»Ich geb dir später eine Arnika-Salbe gegen die Schmerzen, ok?«

Immer noch grimmig, aber etwas weniger mordlustig, blickte sie ihn an und seufzte.

»Gut, aber noch mal so was und es herrscht Krieg zwischen uns. Ist das klar?«

Sein Tiger in ihm knurrte bei dieser Drohung wütend auf, doch er zwang sich, ruhig zu bleiben. Stattdessen blieb sein Blick an ihrem tiefen Ausschnitt hängen und er hatte Mühe, nicht zu sabbern. Rund und fest blitzten ihre Brüste verführerisch aus der Bluse heraus und lockten ihn, darüber zu streicheln und ihre samtweiche Haut zu liebkosen.

Stopp!, befahl er sich. *Sie ist deine Stiefschwester, Finger weg von ihr. Außerdem kann sie dich aus unerfindlichen Gründen nicht ausstehen. Du kannst beinahe jede Frau haben, die du begehrst, nur nicht diese hier.*

Es stimmte. Seit die finalen Kräfte des Tigers in ihm vor drei Jahren aus dem Schlaf erwacht waren, schien er eine nahezu magische Wirkung auf Frauen zu haben. Verwandeln konnte er sich schon vorher, seit er vier Jahre alt war. Doch dann kam eine mystische Anziehungskraft dazu. Anstatt jedoch diesen Umstand zu genießen, verdammte er ihn. Es kam ihm wie ein Fluch vor. Alles, was er wollte, war seine Ruhe. Alles, was er begehrte, war Kate. Beides konnte er nicht haben.

Deshalb gab es ja auch dieses Abkommen mit Lindsay. Sie befriedigten gegenseitig ihre Lust nach Sex, beließen jedoch alles auf einer unkomplizierten Ebene. Keine Liebe, keinen Ärger. Denn er würde keiner der Frauen, die ihn anhimmelten, gerecht werden können, solange er jede Nacht von Kate träumte. Verflixt noch mal, er musste das endlich beenden. Vielleicht, wenn er einmal, nur ein einziges Mal mit ihr schlafen könnte? Möglicherweise wäre dann der Zauber verpufft und der Reiz des Verbotenen gestillt. Dumm nur, dass sie sich niemals auf ihn einlassen würde. Also blieb ihm nichts weiter übrig, als sie weiter aus der Ferne anzuschmachten und seine überschüssige Energie als Tiger auszuleben.

Die Haustür öffnete sich schwungvoll und Christie, Kates Mum, eilte heraus. Mit einem Satz war sie bei ihrer Tochter und umarmte sie. Verblüfft starrte Killian sie an. Noch nie zuvor hatte sie derart liebevoll ihre Tochter begrüßt. Er lächelte. Anscheinend tat die neue Liebe ihr gut, sie schien endlich herzlicher mit ihrer Tochter umzugehen.

Kate schien diese überschwängliche Begrüßung nicht ganz geheuer zu sein. Sie wich einen Schritt zurück und meinte äußerlich gelassen, doch mit leicht zitternder Stimme: »Hallo Mutter. Herzlichen Glückwunsch zur anstehenden Hochzeit.«

Christie lachte sie an.

»Weshalb so förmlich, Kate? Mensch, ich freu mich so, dich wiederzusehen. Und endlich lernst du mal meinen Mike kennen. Komm mit, ich zeig dir gleich das Haus. Es ist einfach fantastisch, wir haben einen Infinity-Pool, einen Fitnessraum und sogar eine finnische Sauna. Mike ist nichts zu teuer, wenn es um mich geht.«

Sie nahm Kate an der Hand und zog sie hinter sich her.

Hilfesuchend sah Kate Killian an. Wie schon als Kind manchmal, sendete sie ihm stumme Notrufe und wusste, er würde sie nicht im Stich lassen. So sehr sie sich sonst auch anfeindeten, wenn´s drauf ankam, war er für sie da. Wie auch jetzt, in diesem Moment. Seufzend trat Killian zu ihrer Mum.

»Christie, deine Tochter hat einen langen Flug hinter

sich und möchte sich sicher erst mal erholen, nicht wahr, Kate?«

Sie nickte und schenkte ihm ein kurzes, aber dankbares Lächeln. Zum gefühlt hundertsten Mal hatte er sie aus der Patsche geholt, auch wenn sie ihn später wieder wie den Feind behandeln würde.

»Na klar, das verstehe ich. Moment, ich zeig dir gleich dein Zimmer, dann kannst du es dir gemütlich machen.«

Ein unangenehmes Schweigen folgte. Kate blickte zu Boden, Killian schaute sie an und ihre Mutter sah verwirrt vom einen zum anderen.

»Was ist los, hab ich irgendwas Falsches gesagt?«

Kate atmete tief durch. Mit dieser neuen, scheinbar wie ausgewechselten Mutter kam sie nicht klar. Seit wann legte sie denn Wert darauf, ihre Tochter in ihrer Nähe zu haben? Doch sich jetzt gegen sie zu stellen und sie zu enttäuschen, wo sie sich doch ihre ganze Kindheit über mehr Zuneigung von ihr erhofft hatte, fiel ihr verdammt schwer. Killian rückte an ihre Seite und nahm sachte ihre Hand in seine. Die Blitze, die augenblicklich von ihm zu ihr schossen, machten die Sache nicht besser. Da war etwas zwischen ihnen, was sie nicht länger ignorieren konnte. Dieses unglaubliche Knistern wuchs in Windeseile zu einem Funkenregen an, gegen den sie sich nicht wehren konnte – oder wollte. Doch jetzt ging es um ihre Mutter.

»Mum, ich finde es schön, wie du plötzlich meine Nähe suchst. Doch mir geht das alles zu schnell, es kommt so unerwartet. Ich kann hier nicht bleiben, versteh doch. Damit hatte ich auch nie gerechnet. Also werde ich in meinem alten Zuhause schlafen, bei Peter auf der Farm. All den Luxus hier brauche ich nicht. Ich will nur nach Hause zurück. Dieser Palast hier«, sie deutete auf all den Prunk um sich herum, »ist mir fremd. Hier fühle ich mich nicht wohl. Es mag ja dein neues Heim sein, aber es ist nicht meins.«

Tränen glitzerten in den Augen ihrer Mutter.

»Es tut mir leid, falls ich dir eine schlechte Mum war, Kate. Du bist mir wichtig und das hätte ich dir damals zeigen müssen.«

»Ja, das hättest du«, gab Kate ehrlich zu, als sie an all die Zurückweisungen dachte, die sie als Kind erlitten hatte. Trotz allem war dies ihre Mutter. Sie hatte nur die eine und wollte ihr eine Chance geben, nur nicht so plötzlich. Sie fühlte sich überrumpelt.

Nun sprang Killian ein, um die Wogen zu glätten.

»Wisst ihr was? Ich fahre jetzt Lindsay nach Hause, denn sie wartet im Wagen auf uns. Dann bring ich Kate zu Peter und ihr beide könnte euch erst einmal beruhigen. Und morgen trefft ihr euch einfach auf einen Kaffee oder so und redet in Ruhe. Na, wie klingt das?«

Christie sah wie ein geprügelter Hund aus, als sie traurig den Kopf schüttelte. »Das geht leider nicht, so gern ich es möchte. Es gibt noch so viele Dinge, die ich vorbereiten muss für Samstag. Die Dekoration macht sich nicht von alleine, der Catering-Service hat falsche Mengenangaben aufgeschrieben und die Floristin ist krank. Zwar hat sie mir einen Ersatz vermittelt, aber das heißt, dass ich die Details noch mal mit der neuen Blumenfrau durchgehen muss. Tut mir leid, Kate, aber ich weiß wirklich nicht, wo mir der Kopf steht.«

»Kein Problem«, hörte Kate sich selbst sagen. »Ich helf dir einfach bei den restlichen Vorbereitungen.«

Nein, hatte sie das eben wirklich von sich gegeben? Was zur Hölle war nur in sie gefahren? Doch Christie strahlte sie derart begeistert an, dass sie nun keinen Rückzieher machen konnte. Na toll, vorbei war´s mit der Erholung, stattdessen durfte sie sich nun als *Wedding Planer* versuchen.

Auf der Heimfahrt schwieg sie, während Lindsay ganz offensichtlich mit Killian flirtete. Ständig berührte sie ihn und strahlte ihn an, plapperte aufgedreht auf ihn ein. Irgendetwas lief da zwischen den beiden, ja. Aber waren sie tatsächlich ein Paar? Killian wirkte jedenfalls nicht so. Eher schien ihm die Situation unangenehm zu sein. Vor ihrer Tür hielt er nur kurz an, meinte »bis dann« und brauste mit quietschenden Reifen davon.

»Du bist aber nicht besonders charmant zu deiner Freundin, Killian«, warf Kate ein, was ihm prompt ein Seufzen entlockte.

»Sie ist nicht ... ich meine, sie ist nicht immer so.« Puh, fast hätte er sich verplappert. Er musste unbedingt aufpassen, was er sagte. Deshalb meinte er nur: »Sie ist heute etwas überdreht, weil sie zu viel Kaffee getrunken hat. Das ist alles.«

»Hm«, machte Kate und sah ihn mit nachdenklichem Gesichtsausdruck an. Offenbar nahm sie ihm die Sache nicht ganz ab, weshalb er schleunigst das Thema wechselte und nach ihrem Job fragte. Sie antwortete zwar höflich auf alle seine Fragen, wirkte aber wieder so distanziert wie eh und je. Wie gerne wollte er ihr die vorwitzige Haarsträhne hinters Ohr streichen und diese kupferrote Haarflut berühren, die wie goldener Honig in der Sonne schimmerte. Die kecken Locken kringelten sich wie Korkenzieher und verliehen ihr ein wildes Aussehen. Zu seinem Bedauern hatte sie sie früher meist zu einem dicken Zopf geflochten oder im Nacken zusammengebunden. Er mochte ihr Haar, doch wem wollte er etwas vormachen? Killian liebte einfach alles an ihr. Schon als Kind war sie überaus einfallsreich und intelligent gewesen, kein Wunder, dass sie nun Karriere in einer von New Yorks renommiertesten Werbeagenturen machte. Wenn sie nur etwas zugänglicher wäre. Meist gab sie sich anderen gegenüber verschlossen und distanziert. Dabei steckte so viel mehr in ihr – daran glaubte er fest.

»Du kannst den Tiger nicht ewig einsperren, Kitty-Kat. Irgendwann musst du ihn herauslassen, sonst frisst er dich von innen auf.«

»Hä?« Verwirrt starrte sie ihn an, als er den alten Pick-up vor seinem Zuhause parkte. »Geht es auch weniger kryptisch, Bruderherz?«

Er zuckte unter dem letzten Wort zusammen, als wären es Peitschenhiebe.

»Ich bin nicht dein Bruder, das weißt du ganz genau.«

KLAR WUSSTE SIE DAS, schließlich war er stets der Sonnyboy und sie die Grummelkatze gewesen. Unterschiedlicher konnten zwei Menschen nicht sein. Obwohl sie seit Jahren offener auf andere Leute zuging, überrollte sie hier in Montana wieder ihr altes Ich.

»Ich meinte damit nur, dass du etwas offener uns gegenüber sein solltest. Vor allem mir. Vertrau mir zur Abwechslung einfach mal, lass dich fallen.«

Ja, würde ich ja gerne, dachte sie. *Ich hab nur Angst, dass ich dann nicht mehr aufhören kann zu fallen, dir zu VERFALLEN. Abstand, Kate, geh auf Abstand, das hier wird gefährlich.*

Eilig stieg sie aus der alten Schrottmühle aus und registrierte erstaunt den Jaguar, der neben dem Ford ihres Vaters in der Auffahrt parkte. *Wow, wie kann Peter sich das denn von seinem eher durchschnittlichen Anwaltsgehalt leisten?*, schoss es ihr in den Kopf. Denn er war zwar schon immer überaus fleißig, aber eher der Anwalt für die kleinen Leute gewesen. Von erfolgreichen Staranwälten, die im Geld schwammen, weil sie steinreiche Klienten vertraten, hatte er nie viel gehalten. Seltsam, dieses Auto passte überhaupt nicht zu ihm und seiner Lebenseinstellung.

Kates Blick wanderte von dem Auto zur Umgebung. Sie sog die Landschaft in sich auf. Diese unglaubliche Weite, den makellos blauen Himmel, die vielen Schattierungen von Grün in der Natur und die bunten Blüten. Heimat, das war Heimat. Sie ließ die Augen über die bunten Blumenwiesen gleiten, bis hin zum Waldrand in einiger Entfernung. Dort hatte sie damals immer …!

»Killian, ist er noch mal aufgetaucht? Habt ihr ihn mal gesehen?«, wollte sie aufgeregt wissen, denn *er* war ihr plötzlich wieder eingefallen. Wunderschön und majestätisch, kraftstrotzend und voller Leben hatte er Abend für Abend dort im Schutz der Bäume gestanden und minutenlang zu ihr hochgeblickt. Als sähe er ihr direkt in die Augen. Immer um dieselbe Zeit. Im Laufe der Jahre war er gewachsen und noch schöner geworden. Schade, dass es ihn nicht wirklich gegeben hatte. Inzwischen hielt sie ihn für eine Art Fata Morgana. Eine Spiegelung eines Tieres, das sich ganz woanders aufhielt, am anderen Ende der Welt. So etwas konnte es geben, sie hatte darüber gelesen. *Allerdings*, regte sich die Stimme der Vernunft in ihr, *nicht jeden verflixten Abend immer um dieselbe Zeit. Und weshalb konntest nur du ihn sehen? Gib es endlich zu, er war ein Hirngespinst, ein Produkt deiner kindlichen Fantasie. Vielleicht, weil du so einsam warst, hast du ihn dir eingebildet. Aus Angst vorm Einschlafen oder warum auch immer. Sein Anblick hat dich beruhigt, erst dann konntest du schlafen. Er war dein Rettungsanker, den du selbst erfunden hast. Und genau deshalb hast du ihn auch die ganzen letzten Jahre über so erfolgreich verdrängt, hast nicht einmal an ihn gedacht. Weil du wusstest, dass er nicht real ist.*

Seltsam traurig blickte Killian sie an.

»Nein, Kate, ich habe ihn nie gesehen. Vielleicht war er nur für dich da. Möglicherweise wollte er immer nur dich sehen und hat sich deshalb nie anderen Menschen gezeigt.«

Überrascht sah sie ihn an.

»Du glaubst mir? Immer noch?«

Er legte seine Handfläche sanft auf ihre Wange und sah sie aus den Tiefen dieser ausdrucksstarken Augen an. Dunkel und geheimnisvoll, voller Rätsel und Magie. Moment mal, Magie? Wieso war ihr gerade dieses Wort in den Sinn gekommen? Hier war nichts magisch, ihr Leben war simpel, schwarz auf weiß gezeichnet und völlig logisch.

»Keine Magie«, entrann es ihrer Kehle und beinahe erwartete sie, er würde sie auslachen. Stattdessen legte er leicht den Kopf zur Seite und ein sanftes Lächeln umspielte seine Lippen. »Alles ist Magie«, raunte er ihr zu. »Du musst sie nur zulassen.«

Und dann küsste er sie. Heiliger Himmel, und wie er sie küsste. Seine Berührung löste unbeschreibliche Gefühle in ihr aus. Traumfetzen schossen in ihr Gehirn und ihre Fantasie übernahm die Kontrolle über ihr Denken.

Seine Muskeln waren deutlich an seinem Rücken zu sehen, als er sich bewegte und sie konnte sie mit ihren Fingern ertasten. Er stieß sie immer wieder, dick und hart schwoll sein Schwanz mit jeder Sekunde *mehr in ihr an, während er keuchte. Das untrügliche Kribbeln in ihrem Körper kündigte einen weiteren Orgasmus an … herrje, noch einen? Unaufhaltsam baute er sich tief in ihr auf, um kurz darauf mit einer solchen Gewalt durch sie hindurchzuschießen, dass sie sich die Lippen blutig biss, um nicht laut aufzuschreien – vor Lust.*

Panisch löste sie sich von ihm.

Was zur Hölle war das eben gewesen? Wieso hatte sie sich gedanklich gerade derartig gehen lassen? Das war nun – verdammt noch mal – garantiert nicht angebracht gewesen.

Oh Gott, sie war kurz vorm Durchdrehen. Dieses Land machte etwas mit ihr, ließ sie wieder verrückt werden, wie damals, als sie den Tiger gesehen hatte.

»Kitty-Kat, ist alles ok mit dir?«, wollte er wissen.

»Nein, nichts ist ok«, begann sie. »Es gibt keinen Tiger und es hat ihn auch nie gegeben. Das alles ist, ich meine, das *war* nur ein Produkt meiner bescheuerten Fantasie. Keine Ahnung, weshalb ich nun wieder an ihn denke, obwohl ich ihn die letzten Jahre vergessen hatte. Er ist nicht real. Kein Tiger, kein Sex.«

Seine Augenbrauen schossen in die Höhe. »Sex? Du hast gerade an Sex gedacht?«

Bildete sie sich das nun wieder ein, oder schenkte er ihr gerade ein anzügliches Grinsen?

Natürlich konnte das nicht sein, denn ihr Stiefbruder würde niemals auf solch schmutzige Ideen kommen. Sie war hier der Nerd, die Verrückte.

Glücklicherweise trat nun Peter aus dem Haus, sprang mit langen Schritten auf Kate zu, hob sie hoch und wirbelte sie im juchzend im Kreis herum.

»Mein Mädchen ist zurück, endlich ist meine Kleine hier«, rief er ausgelassen und setzte sie behutsam wieder ab. »Lass dich ansehen, Liebes.«

Während sein Blick sie umarmte, fühlte Kate sich zum ersten Mal seit Jahren wieder rundum wohl. Das war ihr Vater, völlig egal, was die Gene sagten, er war und blieb für immer ihr Dad. Und sie war wieder Zuhause. Endlich. O Gott, wie sehr sie ihn vermisst hatte! Peter hatte sich seit ihrem Einzug damals stets um sie gekümmert. Weit mehr als es ihre eigene Mutter getan hatte.

Killian stand währenddessen wie erstarrt da und konnte nicht fassen, was er soeben gehört hatte. War es möglich, dass sie den Tiger vergessen hatte? Vielleicht wegen des Zaubers, den Peter auf sie gelegt hatte, als sie damals schlief? Nach diesem wundervollen, aber unglaublich dummen Nachmittag auf der Wiese am See hatte er damals keinen anderen Ausweg mehr gewusst, als seinen Vater um Hilfe zu bitten. Mit Erfolg, Dad hatte die Dinge geregelt, hatte alles wieder in die richtigen Bahnen gelenkt. Sie sollte den Kuss vergessen, doch nur den Kuss.

Anscheinend war bei ihr mehr in Vergessenheit geraten, als nur der Kuss. Er musste unbedingt mehr darüber herausfinden, bevor sie wieder aus Montana verschwand – und aus seinem Leben.

Den Tag verbrachten sie gemeinsam. Sein Dad sattelte die Pferde und sie ritten stundenlang gemächlich durch die traumhafte Landschaft. Er hielt immer noch, wie früher, drei Pferde. Sein Dad liebte es, ebenso wie er selbst, zu reiten. Das dritte Pferd, Calla, war damals Peters Geburtstagsgeschenk für Christie gewesen. Doch ihre Freude darüber hatte sich in Grenzen gehalten, da sie weder den Geruch der Pferde mochte, noch das Reiten an sich. Sie konnte reiten, wollte sich aber nicht schmutzig machen und fuhr lieber mit einem schicken Cabrio durch die Gegend. Eigentlich waren Dad und Christie von Anfang an falsch füreinander gewesen, doch die erste Verliebtheit hatte wohl darüber hinweggetäuscht.

Kate jedoch liebte Pferde und verbrachte damals viele Stunden im Stall bei Calla und bei stundenlangen Ausritten.

Sein Vater hatte die ganze Zeit gehofft, dass sie zurückkäme. Deshalb hatte er Calla behalten und selbst regelmäßig geritten. Doch erzählt hatte er es Kate nie. Er hatte sie nicht unter Druck setzen oder drängen wollen. Sein sehnlichster Wunsch war es gewesen, sie möge aus freien Stücken zu ihnen zurückkommen, das hatte er Killian gegenüber mehr als einmal geäußert.

Funktioniert hatte das Killians Ansicht nach nicht, auch wenn sein Dad anders darüber dachte. Er glaubte allen Ernstes, dass sie von nun an wieder regelmäßig zu

Besuch kommen würde, jetzt, da sie den ersten Schritt gemacht hatte. Vater lag falsch, das wusste Killian. Es gab nur einen einzigen Grund, weshalb Kate zurückgekommen war. Nicht wegen seinem Dad oder ihm selbst, sondern ausschließlich wegen der Trauung. Christie hätte ihr ein Fernbleiben von ihrer Hochzeitsfeier nie verziehen – was Kate wusste.

Dennoch fand er es seltsam, dass Kate all die Jahre nicht einmal nach Hause gekommen war. Tief im Inneren vermutete er, dass es etwas mit dem Vergessens-Zauber zu tun hatte, mit dem Peter sie damals belegt hatte. Vielleicht war er zu stark gewesen und hatte sie vergessen lassen, wie sehr sie von ihrem Dad und von ihm selbst geliebt wurde. Ihren leiblichen Vater hatte sie nie kennengelernt. Kurz nach ihrer Geburt war er auf Nimmer-Wiedersehen verschwunden und hatte Christie zwar einiges an Geld für die erste Zeit gegeben, mehr aber auch nicht. All dies hatte sein Dad ihm mal erzählt. Kate sprach nie darüber, jedenfalls nicht mit ihm.

KATE genoss den Tag mit Peter und Killian. Es kam ihr nicht mehr so vor, als dränge sich Killian in den Mittelpunkt. Sie stand keinesfalls in seinem Schatten, das merkte sie jetzt. Hm, hatte sie damals, als Heranwachsende, die Lage völlig falsch beurteilt? Peter, ihr Dad, liebte sie genauso, wie sie ihn. Und Killian ging überaus freundlich und liebevoll mit ihr um. Mit jeder Stunde, die verging, spürte sie, wie die negativen Gefühle sich legten und der Groll dabei war, sich in Luft aufzulösen.

Sie war ein einsames, ungeliebtes Kind gewesen, als sie einst bei den Connors eingezogen war. In ihrer Vorstellung war sie das auch geblieben, doch es stimmte nicht. Peter war ihr Halt gewesen, hatte ihr Mutter und Vater zugleich ersetzt. Doch sie, das trotzige, sturköpfige Kind, hatte dies nie wirklich anerkannt. Es war an der Zeit, das zu ändern. Und vielleicht, nur vielleicht, sollte sie ihre Einstellung zu Killian auch noch mal überdenken.

3

HERZEN IN AUFRUHR

An einer kleinen Lichtung direkt am See stiegen sie ab und Peter packte deftig belegte Brote für alle aus. Dazu eine Flasche Holunder-Limonade und kleine Becher für jeden. Ohne dass er es wusste, hatte er den Platz ausgesucht, an dem damals alles seinen Lauf genommen hatte. Die Wiese am Lake St. Clarence, auf der sie mit Killian gelegen hatte ... damals. Seinem Blick nach zu urteilen, erinnerte er sich genau daran. Verdammt, da loderten Flammen in seinen Augen, die augenblicklich ihr Blut in Wallung brachten. Ihr Herz raste, die Hände wurden feucht und sie verspürte dieses wohlbekannte Ziehen der Erregung in sich. Ein Kribbeln zwischen ihren Beinen, das sie innerlich erzittern ließ. Doch noch hatte sie sich äußerlich im Griff, gab sich scheinbar gelassen und ignorierte seine hitzigen Blicke.

. . .

Killian war klar, dass sie ihn absichtlich ignorierte, und wollte das nicht auf sich sitzen lassen. Wenn sie sich an den Tiger erinnern konnte, dann bitteschön auch daran, wie wunderschön dieser Nachmittag gewesen war.

»Kate, waren wir hier nicht schon mal Picknicken? Ich glaube, mich daran zu erinnern, dass wir einen traumhaft schönen Nachmittag hier erlebt haben. Oder täusche ich mich etwa?« Eine zarte Röte überzog ihre Wangen, während sie vehement seinem Blick auswich. Stattdessen konzentrierte sie sich intensiv auf ihr Brot und meinte nur:

»Nein, es stimmt, wir waren hier. Damals haben wir ja nur selten etwas zusammen unternommen, da bleibt es im Gedächtnis, wenn ein Nachmittag ausnahmsweise mal schön war.«

Peter schaute von einem zum anderen, offensichtlich schien er sich der Spannung bewusst zu sein, die plötzlich zwischen seinen beiden Lieblingsmenschen lag.

»So innig wie Geschwister wart ihr beide wirklich nie, so hab ich euch auch nie gesehen. Da herrschte eher Funkstille zwischen euch. Zwei Kids, die eher nebeneinander als miteinander aufwuchsen, mehr wart ihr nicht. Aber irgendetwas sagt mir, dass das jetzt anders ist, oder täusche ich mich etwa?«

Kluger Dad, dachte Killian und ging lächelnd darauf ein.

»Ich mochte Kate immer, vom ersten Augenblick an, als sie damals mit ihren langen roten Zöpfen und dem traurigen Gesichtsausdruck hier mit Christie eingezogen ist. Aber aus irgendeinem Grund fand sie mich wohl ziemlich blöde.« Er wandte sich direkt an Kate, die ihn nun interessiert anguckte. »Wieso eigentlich, habe ich dir je etwas getan? Oder etwas Falsches gesagt?«

Kate seufzte tief auf. Es war wohl an der Zeit für ein offenes Gespräch. Sie war schon längst kein Kind mehr und sah die Dinge anders.

»Nein, das hast du nicht, aber darüber reden wir mal in Ruhe, nicht jetzt. Ich dachte damals, die ganze Welt wäre gegen mich. Nie zuvor hatte mir jemand das Gefühl gegeben, ich sei es wert geliebt zu werden. Irgendwie hatte ich deshalb sofort angenommen, bei euch wäre es genauso. Im Laufe der Monate und Jahre hab ich dann gemerkt, dass Peter völlig anders ist als meine Mum. Aber ich konnte mein Glück nicht fassen, vielleicht aus Angst, doch noch zurückgestoßen zu werden. Aber Peter, ich sage es dir jetzt und hier.« Sie schaute ihren Dad an und eine Welle der Zuneigung überrollte sie in diesem Moment. »Du warst und bist der beste Dad, den sich eine Tochter nur wünschen kann. Dafür liebe ich dich – von ganzem Herzen. Es tut mir unendlich leid, dass ich dir das nicht früher schon sagen oder zeigen konnte.«

Peter lächelte sie liebevoll an und nahm sie in den Arm, drückte sie fest an sich.

»Das macht nichts, Kleines, ich wusste es immer. Du warst ein verletztes und furchtbar einsames Kind. Dein

Misstrauen mir gegenüber konntest du lange Zeit nicht ablegen. Aber ich habe immer gespürt, dass ich dir auch wichtig bin. Es tut nur furchtbar gut, dass nun auch aus deinem Mund zu hören.«

Wow, so gefühlsbetont kannte Killian seinen Dad überhaupt nicht. Er musste Kate sehr vermisst haben – vielleicht ebenso sehr, wie sie ihm gefehlt hatte. Seit ihrem Auszug trug er ein Loch in seinem Herzen mit sich herum. Sie hatte ein Stück davon rausgerissen und mitgenommen, als sie ging.

Lächelnd blickte sein Vater sie beide an, vermutlich ahnte er, was in ihm vorging. Dad konnte in ihm lesen wie in einem offenen Buch.

»Leute, es tut mir leid, aber ich muss dringend los. Hab noch einen wichtigen Termin. Später bin ich aber wieder ganz für euch da. Die Zeit mit euch will ich in vollen Zügen genießen. Also dann, bis später.«

Er sprang auf, schwang sich auf sein Pferd und ritt davon, ohne eine Antwort abzuwarten. Verblüfft schauten Killian und Kate ihm hinterher.

»Das kam aber plötzlich. Wo muss er denn auf einmal so dringend hin, gerade war er doch noch völlig entspannt gewesen?« Kate klang erstaunt.

Killian musterte sie nachdenklich. »Ich glaube, er wollte uns beiden die Möglichkeit geben, allein zu sein. Damit wir in Ruhe reden können, weißt du? Und jetzt mal ehrlich: Was hab ich dir je getan, weshalb du immer so abweisend zu mir warst?«

Okay, dies schien tatsächlich der Tag der Ehrlichkeit zu sein. Kate war sich nur nicht sicher, wie sie ihm ihre Gefühle von damals begreiflich machen konnte.

»Wie ich gerade gesagt habe, fühlte ich mich alleine und ungeliebt. Du schienst jedoch das komplette Gegenteil zu sein. Dein Strahlen hat alle umgeworfen und dein Charme hat jeden verzaubert. Ständig ging es nur um dich, um deine lustigen Sprüche, deine unzähligen Freunde und um deine Erlebnisse. Selbst meine eigene Mutter hing an deinen Lippen, während sie mir kaum zugehört hat. Irgendwie hatte ich mir eingebildet, dass du mich absichtlich in den Schatten drängen willst. Kam ich mal mit einer guten Note nach Hause, hattest du gleich eine bessere parat. Kam mich endlich mal eine Freundin besuchen, war sie bald in deinem Zimmer verschwunden, um mit dir und deinen Freunden zu lachen. Ich zog stets den Kürzeren und hab dir das übel genommen. Aus heutiger Sicht meine ich, dass ich einfach nur unglaublich eifersüchtig auf dich war. So wie du warst, wollte ich selbst gern sein. Einmal im Mittelpunkt zu stehen, von allen geliebt zu sein, das war mein Traum, der nie wahr wurde.«

Lange sah er sie an, mit einem traurigen Ausdruck in den Augen.

»Kate, ich hatte keine Ahnung, dass du so über alles gedacht hast, dich derart zurückgesetzt gefühlt hast. Wieso um Himmels willen hast du nie einen Ton gesagt?

Es war nie meine Absicht, dich zu verletzen oder dich in den Hintergrund zu drängen. Im Gegenteil. Du bist alles für mich.«

Sekundenlang schwiegen beide. Kate hatte Mühe, ihre Gedanken zu ordnen. Wie meinte er das? Am besten steigerte sie sich nicht in irgendwelche falschen Hoffnungen hinein. Er war ihr Stiefbruder. Sie ermahnte sich wieder und wieder, nichts anderes in ihm zu sehen. Doch ihn so dicht neben sich zu spüren, seinen herrlichen Duft nach Wald und Abenteuer zu riechen und in seine ausdrucksstarken Augen zu schauen, das schickte einen Stromschlag nach dem anderen durch ihren Körper. Sie setzte sich kerzengerade auf und räusperte sich.

»Ich konnte nichts sagen. Damals war ich überzeugt davon, dass du mich absichtlich in den Schatten drängst. Laut meiner kindlichen Logik hätte es alles nur noch schlimmer gemacht, wenn du von meiner Traurigkeit gewusst hättest. Aber du hast recht: Wir sind zusammen aufgewachsen und wohl so etwas wie Geschwister.« Das letzte Wort bekam sie kaum raus, da es sich einfach komplett falsch anfühlte. Dennoch musste sie sich endlich den Tatsachen stellen. »Gut, ich denke, das waren genug Offenbarungen für heute. Können wir bitte zurück reiten? Ich bin in einer Stunde mit Christie verabredet, um sie bei den Hochzeitsvorbereitungen zu unterstützen. Morgen Abend ist doch die Brautparty, oder?«

. . .

KILLIAN SAH SIE SCHARF AN, überrascht von dem plötzlichen Themenwechsel. Aber so entschlossen, wie sie geklungen hatte, machte es keinen Sinn, weiterzureden. Zuerst mussten sie die Dinge wohl sacken lassen.

»Ok, dann schwing deinen hübschen Hintern mal auf Calla und wir galoppieren zurück. Der Letzte muss den Stall ausmisten.« Lachend sprang er auf und während Kate in Windeseile die Picknickdecke und Becher zusammenpackte, hinterließ er nur noch eine Staubwolke seines galoppierenden Hengstes.

VERRÜCKTER KERL, dachte Kate. *Verrückter, verdammt gut aussehender, viel zu heißer Kerl.* Das Kribbeln in ihrem Inneren wurde mit jeder Sekunde stärker. Sie musste es ignorieren, das war ihre einzige Chance, so schwer es ihr auch fiel.

~

NACH EINEM LANGEN Nachmittag voll mit Christies überschwänglich fröhlichem Geplapper über Dinge, die Kate null interessierten, zog sie sich früh am Abend auf ihr altes Zimmer zurück. Peter hatte dort nichts verändert und hatte alles so belassen, als wäre sie erst gestern ausgezogen, dabei war dies schon Jahre her. Ein weißes Bett aus massivem Holz, ein dazu passender Schreibtisch plus riesigem Kleiderschrank, auch in Weiß.

Dazu geblümte Vorhänge und Kissen, die dem ansonsten sehr praktisch eingerichteten Zimmer einen romantischen Touch gaben. Es war ein Wohlfühlzimmer. Ihre eigene Höhle, in die sie sich damals stets verkriechen konnte, wenn sie traurig war. Kurzum: ihre persönliche Schutzzone.

Nichts in der Welt konnte sie dazu bringen bei Christie zu wohnen, während sie hier zu Besuch war. All dieser Glamour und Prunk war nichts für sie. Sie liebte dieses Haus hier, genau wie es war. Mitten in der Natur, mit den Pferden auf der Koppel und dem Wald in Sichtweite. Sehnsüchtig trat sie zum Fenster und wünschte sich mit einem Mal nichts sehnlicher, als IHN zu sehen. Den Tiger, der ihr über die schwierigsten Zeiten hinweg geholfen hatte. Immer, wenn sie abends dachte, sie müsste platzen vor Wut und Traurigkeit, stand er da und blickte zu ihr herüber. Er war ihr Schutzengel, ihr Trost für einsame Stunden. Ohne ihn hätte sie dies alles nicht überstanden, da war sie sich sicher.

Eine geschlagene Stunde blieb sie am offenen Fenster stehen. Als die Dämmerung bereits Schatten auf den davonziehenden Tag legte, sah sie ihn. Zuerst glaubte sie, zu träumen, dann aber wurde ihr klar, dass er es wirklich war. Er war gekommen. Es war dasselbe Tier wie damals, das stand fest. Seine wunderschöne Zeichnung, diese goldgelbe Farbe mit der schwarz-weißen, unvergleichlichen Musterung des Fells würde sie aus allen Tigern der Welt wiedererkennen. Sein stechender Blick traf sie direkt ins Herz. Kraftstrotzend und anmutig zugleich hob er stolz den Kopf und fixierte sie.

»Hallo, mein Schöner«, flüsterte sie und begrüßte ihren alten Vertrauten. Er erschien ihr gefährlich und sie hatte eine Menge Respekt vor ihm. Dies war kein Kuscheltier, sondern ein Jäger, ein wildes Tier, atemberaubend schön. Was sie besonders an ihm faszinierte, ja, wofür sie ihn sogar beneidete, war dieses freie Leben, das er führte. Er musste niemandem gegenüber Rechenschaft für sein Verhalten ablegen, er konnte tun und lassen, was auch immer er wollte.

»Wo kommst du her? Wo versteckst du dich am Tage?«, wisperte sie mehr zu sich selbst, als zu ihm. Natürlich konnte er sie nicht hören, er war hunderte von Metern entfernt.

Kurz überlegte sie, Peter zu holen und ihm endlich zu zeigen, dass ihr Freund real war. Doch sie hatte viel zu sehr Angst, der Tiger könnte danach verschwunden sein. Alles in ihr juchzte vor Freude, ihn endlich wiederzusehen. Sie musste unbedingt Killian am nächsten Tag davon erzählen, er würde ihr glauben. So, wie er es immer getan hatte. Ein wenig erinnerte er sie an den Tiger. Auch Killian war stolz und wild, lebte, wie er wollte, frei und ungezwungen. Außerdem hatte er eine ebenso faszinierende Ausstrahlung auf sie wie dieser Tiger.

Killian wohnte im Anbau des Haupthauses, seit er 16 war. Er hatte dort sein eigenes Reich, sozusagen sein eigenes kleines Haus. Sein Dad hatte ihm schon immer sämtliche Freiheiten gelassen. Wobei, das musste sie zugeben, Peter es bei ihr ebenso gehandhabt hatte. Der Unterschied war nur, dass sie von diesen Freiheiten nie Gebrauch machte. Sie war eher der zurückhaltende Typ, der im Dunkeln dem Tiger gute Nacht sagte und dann bittere Tränen ins Kissen weinte. Doch das war nun Vergangenheit, jetzt war sie eine Frau, die fest im Leben stand. Sie verfolgte zielsicher ihre Karriere und nahm sich, was sie wollte. Vielleicht hatte der Tiger damals im Lauf der Jahre auf sie abgefärbt. Er hatte ihr Mut und Kraft gegeben, ihr Leben selbst anzupacken, anstatt im Selbstmitleid zu ertrinken. Nun war sie eine starke, erfolgreiche Frau.

Apropos erfolgreich: Sie musste unbedingt Killian fragen, womit er inzwischen sein Geld verdiente.

Inständig hoffte sie, er hätte sich am Ende wieder mehr fürs Studium interessiert, als zu Beginn. Damals hatte er eher durch Abwesenheit der Vorlesungen und schlechte Zensuren geglänzt. Nicht, weil er nicht intelligent genug war, denn bei Gott, das war er. Doch immer wieder erklärte er Peter und ihr, dass seine Prioritäten woanders lagen. Er hatte keine Lust, stundenlang das Geschwafel seiner Professoren anzuhören und für die Examen zu lernen.

Ihr schwante Übles, denn dass er wieder hier bei seinem Dad lebte, in seinem alten Zuhause, klang nicht gerade nach einer steilen Karriere als Zoologe. Denn das war damals sein Hauptstudiengang gewesen: Zoologie.

Als Kate wieder zum Waldrand blickte, war es bereits Nacht und sie konnte den Tiger nicht mehr erkennen. Vermutlich ging er schon längst auf Raubzug nach neuer Beute.

Kate zog sich ihre kurzen Schlafpanties und ein Spaghettiträger Top an und legte sich aufs Bett. Sie ließ ihren Gedanken freien Lauf. Sah Killian vor sich, mit seinen dunklen, schokoladigen Augen, die sie lustvoll anblitzten. Seine Hand, die sich sanft unter ihre Panties schob und damit die Nässe zwischen ihren Beinen noch verstärkte. Langsam rieb er an ihrem Scheideneingang, dabei glitt immer wieder ein Finger zwischen ihre Schamlippen. Sie begann leise aufzustöhnen. O mein Gott, wie schön es wäre, ihn tatsächlich in sich zu spüren. Sein mächtiges Glied in sich zu haben und im immer schneller werdenden Rhythmus einander zum Orgasmus zu treiben.

Sie kam nicht zum Höhepunkt, nicht heute. Zu groß war die Sehnsucht, zu schmerzhaft das Verlangen, ihn tatsächlich in sich zu spüren. Enttäuscht, mit einer großen Leere im Herzen und einer alles verzehrenden Sehnsucht nach ihm, schlief sie ein.

Als sie erwachte, war es draußen noch dunkel, doch das Morgengrauen stand bereits in den Startlöchern. Kate sprang zum Fenster, sie musste einfach sehen, ob der Tiger da war, konnte aber aufgrund der Dunkelheit nichts erkennen. Einem spontanen Einfall folgend, schlüpfte sie barfuß in ihre Sandalen und schlich die Treppen leise nach unten, um Peter nicht zu wecken.

Heute wollte sie es selbst anpacken und draußen nach dem Tiger schauen. Zu viele Jahre hatte sie ihn nicht gesehen, da konnte sie der Gelegenheit nicht widerstehen, ihm endlich einmal gegenüberzustehen. Klar, das war dumm, denn er könnte sie angreifen. Doch tief in ihrem Herzen wusste sie, dass er es niemals tun würde.

Sie schlich sich ins Freie und blickte in Richtung Waldrand. Zuerst konnte sie nichts erkennen, obwohl sich ihre Augen schnell an die Dunkelheit gewöhnt hatten. Doch dann ... ein Schatten, eine Bewegung und eine Gestalt, die aus dem Dickicht des Waldes heraussprang.

Kate zog die Luft ein vor Schreck und erstarrte. Denn es war nicht der Tiger, den sie klar und deutlich vor sich sah. Wer da mit langen kräftigen Schritten aus dem Wald gerannt kam, war Killian. An seinem Körper trug er ... nichts. Splitterfasernackt wie er war, konnte sie alles an ihm erkennen. Seine wohl definierten Bauchmuskeln, seine kräftigen Oberarme und Schultern und ... sein mächtiges Glied, das zwischen seinen Beinen wie ein dickes, langes Pendel schwang. *Herr im Himmel, er ist zu schön für diese Welt, das kann nicht wahr sein,* schrien ihre Gedanken und prompt wurde ihr Slip feucht. Sie fühlte die Hitze in sich, die sich bei seinem nackten Anblick zu meterhohen Flammen entwickelte. *Wie gerne möchte ich ihn einmal, nur einmal in die Hand nehmen und massieren. Ihn ein einziges Mal mit dem Mund verwöhnen, ihn ganz in mir aufnehmen und seinen Saft in mir schmecken.*

Seine blonden Haare überstrahlten die Dämmerung des Morgens und Kates Herz hämmerte derart laut in ihrer Brust, dass Killian schlagartig stehen blieb und zu ihr schaute. Verwunderung lag zuerst in seinen Augen, dann wechselte der Ausdruck ins Raubtierhafte. Der Blick, mit dem er sie bedachte, glich dem des Tigers. Ein wildes Tier, das ihren Anblick nahezu verschlang, sie mit seinen gierigen Blicken völlig für sich einnahm. Wieso hatte sie früher nie diese Ähnlichkeit bemerkt? Kurz kicherte sie in sich hinein, weil sie sich dabei ertappte, wie sie an zahlreiche Formwandler-Geschichten dachte. Killian und ein Shapeshifter, das war einfach zu lächerlich. Sie glaubte nicht an Märchen. Okay, sie liebte es, Fantasy-Geschichten zu lesen, aber niemals käme sie auf die Idee, sie für real zu halten. Vor allem nicht, wenn so ein heißer Kerl nackt vor ihr stand.

KILLIAN LOCKERTE seine Muskeln und schlenderte nun betont langsam auf sie zu, fixierte sie dabei wie ein Tiger seine Beute, kurz vorm Angriff. Er pirschte sich näher und näher an sie heran, bis sein unverhüllter Körper den ihren fast berührte. Millimeter lagen noch dazwischen, als dieser kraftstrotzende Mann sich zu ihr beugte und ihr ins Ohr raunte:

»Heute nicht, meine Schöne. Aber bald, bald wirst du bereit für mich sein.« Dann biss er ihr einmal sanft ins

Ohrläppchen, drehte sich um und lief mit kräftigen Schritten davon, hocherhobenen Hauptes. Dabei war er sich Meter für Meter ihrer Aufmerksamkeit bewusst, roch ihre Erregung und spürte das Verlangen in ihrem Inneren. Killian hatte es keineswegs geplant, dass sie ihn bei seiner morgendlichen Rückkehr ins Haus beobachtete. Doch er bereute es auch nicht, denn der Ausdruck der Lust in ihren Augen war genau das Zeichen, nach dem er sich seit Jahren sehnte. Nun wusste er, dass sie sich genauso nach ihm sehnte, wie er sich nach ihr. Und endlich konnte er den Tiger in sich freilassen. Doch zuerst würde er sie noch etwas zappeln lassen. Sie sollte vor Sehnsucht nach ihm beinahe platzen, genau so, wie es ihm jahrelang ergangen war.

Das war sein Jahr. Das Jahr des Tigers.

Doch zuallererst benötigte er dringend eine kalte Dusche, um seinem Dad zum üblichen Kaffee-Ritual am Morgen unter die Augen treten zu können. Momentan könnte nämlich keine noch so dicke und weite Hose die hammerharte Erektion zwischen seinen Beinen verstecken.

Als Kate etwas später in die Küche schlurfte, um sich ein kleines Frühstück zu gönnen, saß Peter am Tisch, den Kopf in die Zeitung vertieft. Bei ihrem Eintreten sah er jedoch auf und strahlte sie an.

»Guten Morgen, meine Kleine. Na, hast du gut geschlafen?«

Ja, das hatte sie tatsächlich, wie sie zugeben musste. Besser, als üblich. Tief und erholsam war ihr Schlaf gewesen, die wundersame Begegnung am Morgen verdrängte sie in Peters Gegenwart wohl besser in den hintersten Winkel ihres Gehirns.

»Bedien dich, du hast bestimmt Hunger«, sagte er lächelnd und deutete auf den reichhaltig gedeckten Tisch. Ein großes Glas Orangensaft, hübsches Geschirr, Honig, Marmelade, eine Schüssel Porridge, diverse Cerealien in dekorativen Gefäßen und frische Bagels standen verlockend vor ihr.

»Wow, Peter, das ist verdammt lieb von dir, danke. Genau das brauche ich jetzt, ein gemütliches Frühstück mit dir.«

Er lächelte sie leicht verlegen an. »Also ehrlich gesagt, ist das nicht auf meinem Mist gewachsen. Ich wollte dir auch Frühstück richten, aber Killian war mir zuvorgekommen. Er hat das alles alleine für uns zubereitet und ich war ebenso überrascht wie du jetzt. Normalerweise trinkt er nur eine Tasse Kaffee mit mir auf der Veranda und das war´s. Heute hat er sich schwer ins Zeug gelegt. Das ist doch nett von ihm, oder?«

Kate konnte nur nicken, denn schon bei der Erwähnung seines Namens schoss ihr leichte Röte ins Gesicht.

Prüfend sah Peter sie an.

»Ist alles in Ordnung zwischen euch? Habt ihr euch ausgesprochen? Ich hatte gestern den Eindruck, dass ihr einiges zu klären habt.«

»Alles prima. Wir haben uns versöhnt, oder etwas in der Art«, murmelte sie und zwang sich zu einem

Lächeln. Eigentlich war überhaupt nichts geklärt. Seit der Sache heute Morgen herrschte noch mehr Chaos in ihrem Kopf als bisher, wenn sie an Killian dachte.

»Wo wir gerade bei Killian sind: Was arbeitet er denn jetzt eigentlich? Du hast es mir nie erzählt.«

Peter blickte wieder in die Zeitung und antwortete beiläufig: »Du hast auch nicht gefragt, Kate.«

Nach einer kurzen Pause fügte er hinzu: »Er arbeitet im neuen *Wildlife Reservat* in *Fairview*. Aber Genaueres musst du ihn selbst fragen, ich bin nicht euer Sprachrohr«, brummte er.

»Wieso, wie meinst du das? Ich hab dich noch nie über ihn ausgefragt«, gab Kate überrascht zurück.

Peter nahm einen großen Schluck aus seiner Tasse, blickte sie über den Rand hinweg an und meinte dann: »Nein, hast du nicht. Er dafür umso mehr die letzten Jahre.«

Erstaunt klappte ihr die Kinnlade runter. Bisher hatte sie stets gedacht, dass alles, was sie betraf, Killian egal gewesen war. Wow, anscheinend hatte sie ihn wirklich vollkommen falsch eingeschätzt.

»Killian hat dich vermisst. Seit du weg warst, hat er sich verändert. Sein Lachen wurde unecht, seine Fröhlichkeit gespielt und all die Frauengeschichten waren echt nervtötend. Keine einzige feste Freundin, nur Übernachtungsgäste, die nie wiederkehrten. Irgendwann ist dann mal dieses Mädchen aufgetaucht, diese Lindsay. Wenn du mich fragst, hat ihm etwas oder jemand massiv gefehlt. Ich frag mich nur, was – oder wer. Hast du vielleicht eine Ahnung, wer das sein könnte?«

Jetzt wurde sie wirklich rot wie eine überreife Tomate. Entsetzt starrte sie ihn an.

»Bitte, hör auf mit diesen Anspielungen. Killian ist mein Bruder. Quasi.«

Peter verschluckte sich an seinem Kaffee, hustete und prustete, bis sie ihm schließlich sanft auf den Rücken klopfte. Er wischte sich den Mund ab und blickte sie wissend an:

»Kate, Killian mag ja vieles sein, aber er ist definitiv nicht dein Bruder und das war er noch nie. Weder körperlich, noch in unseren Köpfen. Zwischen euch lag schon immer eine seltsame Spannung. Zuerst dachte ich, es sei Rivalität, jetzt bin ich mir da nicht mehr so sicher. Die Art, wie ihr euch gestern angesehen habt, seine versteckte Traurigkeit die letzten Jahre über ... all das ergibt jetzt einen Sinn. Ich wusste, dass er dich sehr mag, dachte aber immer, dass er es überstanden hat, da es sowieso nicht auf Gegenseitigkeit beruht. Jetzt aber ... Kate, wenn da was zwischen euch ist, dann verdräng das nicht. Stell dich den Dingen, das ist mein Rat an dich. Flucht ist kein Ausweg. Egal, wo du hingehst, manche Dinge verfolgen dich überallhin. Du trägst sie in deinem Herzen mit dir herum, als Ballast, der dich immer mehr niederdrückt.«

»Dad«, protestierte sie und war selbst überrascht, wie sie Peter soeben genannt hatte. Denn noch nie zuvor hatte sie ihn mit *Dad* angesprochen. »Wir sind zusammen aufgewachsen, *WIE Geschwister. Es wäre* doch irgendwie abartig, wenn wir anders voneinander denken würden.«

Wild schüttelte Peter den Kopf und klappte die Zeitung zu. »Du siehst das völlig falsch, Liebling. Ihr hattet nie viel Kontakt miteinander, habt nie zusammen gespielt, wie andere Stiefgeschwister. Manchmal habt ihr euch kaum gesehen. Es war, als lebtet ihr in unterschiedlichen Welten. Und die letzten Jahre über, als du noch hier gewohnt hast, war er schon längst am College und nur an manchen Wochenenden hier. Ihr seid nicht einmal wie Freunde zusammen aufgewachsen, eher wie ... wie entfernte Nachbarn, die sich ab und an über den Zaun hinweg zuwinken. Was also ist daran abartig, wenn ihr Gefühle füreinander hegt? Klar, Christie würde das alles anders sehen, aber sie legt nun mal viel Wert auf den äußeren Schein, das darfst du nie vergessen. Hier geht es um dich und Killian, nur ihr beide zählt.«

»Verflixt, Dad, seit wann bist du so weise?«, fragte Kate, halb lachend, halb verzweifelt von ihrem inneren Gefühlschaos.

Liebevoll blickte er ihr in die Augen.

»Seitdem du mich endlich Dad nennst, mein Kleines.«

4

VERDAMMT HEISSER TIGER

Den Tag verbrachte sie mit Christie. Es gab genug zu tun, doch sie kam sich dabei eher wie ein überflüssiges Anhängsel vor, als wie eine echte Hilfe für ihre Mum. Christie bemühte sich sehr, sie in alle Entscheidungen und Vorbereitungen mit einzubeziehen, doch Kate kam das seltsam vor.

Vermutlich lag es schlichtweg daran, dass sie so viel Aufmerksamkeit von ihrer Mutter einfach nicht gewöhnt war. Zwar spielte sie mit und tat so, als hätte sie Spaß an allem, doch dem war nicht so. Sie fühlte sich unwohl und hatte in ihrer Gegenwart stets das Gefühl, sich von ihrer allerbesten Seite zeigen zu müssen, was sehr anstrengend war. Irgendetwas in ihr hegte Bedenken, dass ihre Mum ihrer plötzlich wieder überdrüssig werden könnte, wenn sie auch nur ein falsches Wort sagte.

Verflixt. Dies war ganz und gar nicht so, wie sie es sich früher gewünscht hatte. Jetzt hatte sie endlich einmal den Fokus ihrer Mum auf sich liegen, statt auf Killian. Trotzdem fühlte es sich falsch an und nicht so gut, wie sie es sich erhofft hatte. Vielleicht war es einfach zu spät. Irgendetwas sagte ihr auch, dass Christies Bemühungen nicht von Herzen kamen, sie schienen aufgezwungen.

Erschöpft und genervt kam sie abends endlich wieder bei Peters Zuhause an, ihre Mutter hatte sie gefahren. Vor der Einfahrt stand schon wieder dieser sündhaft teure Jaguar. Kopfschüttelnd ging sie um ihn herum und bestaunte diesen Geldhaufen auf Rädern.

Die Eingangstür vom Nebengebäude öffnete sich und Killian trat heraus. Seine Beine steckten in einer verschlissenen Jeans und ein schwarzes T-Shirt spannte sich über seinem muskulösen Oberkörper. Mit sexy zerzausten Haaren und einem Strahlen, das Erdbeben auslösen konnte, trat er auf sie zu.

Unmerklich wich sie zurück und fühlte sich mit einem Mal mit dem Rücken gegen den schwarzen Sportwagen gepresst. Der Blick, dieser höllisch heiße Blick, den er ihr zuwarf, zeigte augenblicklich Wirkung. Ihr Herzschlag beschleunigte sich, der Mund wurde trocken. Kein Wunder, ihr Mund stand ja auch offen. Fehlte nur noch, dass sie zu sabbern anfing. Verflixt, sie musste ihren verräterischen Körper wirklich mehr in den Griff bekommen. Momentan sah es allerdings nicht so aus, als könnte ihr dies gelingen. Langsam kam Killian näher, fixierte sie dabei, verschlang sie regelrecht mit seinen Blicken. Sie presste sich so sehr gegen das heiße

Metall des Wagens, dass sie schon befürchtete, eine Beule zu hinterlassen.

Kate konnte ihren Blick nicht von seinem durchtrainierten Körper lösen. Killian strahlte eine solche Anziehungskraft aus, dass sie sich kaum noch zurückhalten konnte. Wie gerne würde sie ihn jetzt berühren, ihn küssen und Dinge mit ihm machen, von denen sie schon seit Jahren träumte.

Jetzt stand er direkt vor ihr, nur wenige Zentimeter trennten ihren Körper von seinem. Killian blickte sie an, es kam ihr vor, als könnte er tief in ihre Seele hineinschauen. In seinen Augen loderte das Feuer und er berührte sie, ohne sie tatsächlich anzufassen. Ihr Herz klopfte nun bis zum Hals und wieder erwachte diese unglaubliche Lust in ihr. Sein ganzer Leib verströmte eine Hitze, die sie selbst gierig in sich aufsog, anstatt alldem hier ein Ende zu setzen.

»Gefällt dir, was du siehst?«, raunte er heiser. Sie öffnete den Mund, um zu antworten, doch heraus kam ... nichts.

Thank God nicht einmal ein Krächzen, denn das wäre verflixt peinlich gewesen. Amüsiert zog er die Augenbrauen hoch. Offensichtlich war er sich ihrer Reaktion auf ihn sehr wohl bewusst.

»Kitty Kat, von genau diesen katzengrünen Augen hab ich heute Nacht geträumt. Aber frag mich nicht was, denn es würde dir vermutlich die Schamesröte ins Gesicht treiben.«

Was sollte das? Machte er sie etwa an? Scharf zog sie

die Luft ein. Das konnte unmöglich wahr sein, oder doch? Aber nicht nur, dass er sie herausforderte, er beschenkte sie auch noch mit diesem Lächeln, vor dem sie seit Jahren Angst hatte. Das Lächeln, das er nur für sie reserviert hatte. Seine Grübchen, eins etwas weiter unten als das andere. Die neckisch blitzenden Augen, die sie herausforderten, auf sein Spielchen einzugehen. Und dieses wunderschön geschnittene Gesicht, mit dem sonnengebräunten Teint und den hellen Haaren. Sie betete, dass sie ihm widerstehen konnte. Zumindest jetzt. Schon begann sie sich auszumalen, was er alles mit ihr anstellen würde, welche Stellen an ihrem Körper seine Lippen berührten, wo seine Hände zart über ihre Haut strichen. *Stopp, Kate! Er ist so etwas wie dein Bruder, denk daran. Er mag zwar nicht mehr dein Feind sein, aber er ist immer noch dein Stiefbruder.*

»Du hast mir noch keine Antwort auf meine Frage gegeben. Gefällt dir, was du siehst?«, wollte er wissen.

Gerade, als sie ihm empört an den Kopf knallen wollte, dass das zu weit ging, dass sein Verhalten unmöglich war, legte er einen Finger auf ihren Mund.

»*Sch*, nicht aufregen, Kitty Kat. Ich meinte natürlich das Auto, den Jaguar, es ist meiner.«

Erleichtert atmete sie aus, sammelte sich wieder und setzte ihr Pokerface auf.

»Ja, natürlich, davon bin ich ausgegangen. Hm, ehrlich gesagt finde ich ihn nicht so toll. Ich meine klar, er ist neu und schick, aber irgendwie stehe ich nicht auf so was. Das ist mir zu angeberisch und passt übrigens kein Stück weit zu dir.«

Nachdenklich sah er sie an. »Du bist außer Dad die einzige Person, die nicht hellauf begeistert von meinem neuen Wagen ist. Und irgendwie hast du recht. Weißt du, ich bin bis vor Kurzem ein ganz anderes Auto gefahren. Auch ein Jaguar, aber ein sehr altes Stück. Er war wunderschön in meinen Augen, roch innen nach Leder und vielen Erlebnissen. Leider war er aber nicht nur ziemlich vom Rost angefressen, sondern auch mehr oder weniger ein rollender Schrotthaufen. Die Reparaturkosten überstiegen seinen Wert, weshalb ich ihn schließlich verkauft habe. Aber es stimmt: Der Neue passt nicht zu mir und ich vermisse den alten Wagen. Manchmal ist es wohl wichtiger, um Dinge zu kämpfen, die es wert sind, anstatt aufzugeben und sich etwas anderem zuzuwenden. Das Herz ist wichtiger als der Verstand.«

Wieso nur überkam sie das untrügliche Gefühl, dass er nicht mehr nur von Autos sprach? Die Art, wie sich sein Blick in ihren bohrte, sich immer tiefer hinein grub und etwas zu fragen schien – all das ließ ihre Gefühle für ihn erneut hochwirbeln. Bildete sie sich das alles etwa ein? War es ihr Wunschdenken oder so etwas Ähnliches?

Killian spürte genau, wie verwirrt sie war und welch inneren Kampf sie ausfocht. Er kannte das zu gut, hatte es jahrelang selbst erlebt. Gelitten, gehofft, gewünscht und sich für diese Gedanken geschämt. *Stiefgeschwister denken so nicht voneinander*, hatte er sich stets eingebläut. Mittlerweile sah er das anders. Sie brauchte mehr Zeit und er musste sie ihr geben. Sie selbst sollte den ersten Schritt machen, nicht er. Er beschloss, sich für heute zurückzuziehen. Wenn er nicht bald den Tiger frei laufen ließ, würde es ihn innerlich zerreißen vor Lust und Frust.

»Ich wünsch dir noch 'nen schönen Abend, Kate. Wir sehen uns morgen.«

Wie vom Donner gerührt starrte sie ihn an, schien sich dann aber zu besinnen und meinte leise: »Den wünsch ich dir auch. Bis morgen.« Danach drehte sie sich energisch um und lief eilig auf ihr altes Zuhause zu. Sicher würde sie mit Peter einen netten Abend verbringen und eigentlich sollte er, als Teil der Familie, dabei sein. Aber nicht heute, denn seine Selbstbeherrschung war gefährlich nahe vorm Zusammenbrechen. Er war hungrig, hungriger als jemals zuvor. Seine Gier nach ihr stieg Tag für Tag mehr an, steigerte sich ins Unermessliche.

Lange würde er nicht mehr widerstehen können, verflucht noch mal.

Sobald es zu dämmern begann, schlich er aus dem Haus. Ein Blick zu ihrem Fenster verriet, dass sie heute nicht nach dem Tiger Ausschau hielt. Gut so, wahrscheinlich war sie mit Peter im Wohnzimmer. Killian hatte seine Kleidung wie immer im Haus gelassen, er war es so gewohnt.

Normalerweise verirrte sich außer seinem Dad nach Einbruch der Nacht kein Mensch mehr in diese verlassenen Gegend. Gut, nun war sie hier. Trotzdem ging er das Risiko ein und spielte mit dem Feuer. Etwas in ihm trieb ihn dazu. Was genau das war, wusste er selbst nicht. Doch es war so mächtig, dass er weiterhin jeden Abend nackt in den Wald stürmte, um sich dort sofort zu verwandeln.

Es war ein schmerzhafter Prozess, egal wie oft er sich auch verwandelte, die Schmerzen wurden nicht weniger. Im Gegenteil, sie konnten sogar noch stärker werden. Wenn er zum Beispiel nicht täglich dazu kam, wurde es noch übler. Gut, dass das die Tiere im Wildlife-Reservat nicht erleiden mussten. Vieles fühlten sie genauso wie er, doch die Verwandlung blieb ihnen erspart. Sie weigerten sich.

Viele Menschen besuchten mittlerweile das Reservat, setzen sich auf die Safari-Wagen und ließen sich von ihm und seinen Guides über das weitläufige Gelände fahren. Natürlich fuhren sie nicht überallhin, denn es war ihm wichtig, dass die Tiere ihren geschützten Bereich hatten. Das hatten sie ihm über ihre Gedanken mitgeteilt. Sie konnten mit ihm telepathisch kommunizieren, weil es keine gewöhnlichen Raubkatzen waren. Einige der Tiere dort, die Jaguare, Pumas und Tiger, die in ihren Bereichen lebten, waren einmal Menschen gewesen.

Wobei, das stimmte nicht ganz, denn sie waren Formwandler, genau wie er. Der Unterschied zu ihm war jedoch, dass sie gebrochene Wesen waren, die aus verschiedensten Gründen beschlossen hatten, dauerhaft in ihrer Tiergestalt zu verweilen. Etwas oder jemand hatte ihnen das Leben als Formwandler so unerträglich gemacht, dass sie entschieden hatten, das Menschsein aufzugeben.

Killian war ihre Rettung und das Reservat bot ihnen Schutz und Sicherheit. Gut, sie würden niemals richtig frei sein können, doch dafür lebten sie sicher vor Jägern oder anderen Gefahren wie beispielsweise Krankheiten. Er und sein Mitarbeiterstab kümmerten sich um sie.

Klar, dass er und sein Vater als einzige die Wahrheit kannten, und das war auch gut so. Die Shapeshifter dort mussten täglich die Blicke der vielen Besucher erdulden, doch dies war ihre eigene, freie Entscheidung. Sie konnten jederzeit gehen. Allerdings hatten sie hier ein bequemes Leben, das tägliche Futter war ihnen sicher und es drohten keine Gefahren von außen.

Weshalb Killian das alles auf die Beine gestellt hatte? Keinesfalls, um reich zu werden, obwohl er sich mittlerweile so betiteln konnte, aber das nur dank seines brillanten Merchandisings. Er machte viel Werbung für den Park, was sich auszahlte. Die Besucherzahlen stiegen immer weiter an. Außerdem verkaufte er im hauseigenen Shop und online inzwischen viele Produkte. Vor zwei Jahren hatte er sogar ein eigenes Modelabel für Outdoor Bekleidung auf die Beine gestellt, das mittlerweile erfolgreich in ganz Amerika verkauft wurde. Damit verdiente er den Löwenanteil des Geldes, nicht mit den Tieren.

Nein, er versuchte ihnen ein faires, sicheres Leben zu bieten und gleichzeitig hatte er stets die Hoffnung, den einen oder anderen Formwandler zum Umdenken bewegen zu können.

Doch genug gegrübelt. Endlich konnte er durch den Wald jagen und das Tier in sich rauslassen. Er genoss die Jagd immer wieder aufs Neue. Zwar schnappte er sich meist nur kleinere Tiere, wie Biber, doch ab und an musste auch Rotwild dran glauben. Er war ein Jäger, kein Kuscheltier, das hatte er schon längst akzeptiert. Die Frage, die wichtigste Frage von allen, die ihn kaum eine Nacht schlafen ließ, war diese: Würde Kate ihn so akzeptieren können, wie er war? Mensch und Raubtier zugleich? Momentan wusste er nicht, ob sie den Menschen Killian lieben könnte. Der Tiger war ihr wichtig, das hatte sich all die Jahre über gezeigt, als sie jeden Abend nach ihm Ausschau gehalten hatte.

Aber konnte Kate den Menschen lieben, den sie jahrelang für eine Bedrohung gehalten hatte, wie er jetzt wusste? Er hoffte es, würde aber so lange daran zweifeln, bis sie selbst ihn vom Gegenteil überzeugen würde.

Stundenlang geisterte er als beinah unwirklicher Schatten durch den dichten, tiefen Wald. Einige Stunden länger als sonst, denn er musste eine Menge Frust und aufgestaute Erregung loswerden.

Kate, alles, was er wollte, war sie. Das war schon immer so gewesen. Erst gegen vier Uhr morgens schlenderte er in Richtung Haus zurück. Seltsamerweise fühlte er sich kein bisschen besser.

Unfassbar. Direkt vor dem Haus, mitten im Dunkel der Nacht, stand Kate und hielt Ausschau. Noch hatte sie ihn nicht gesehen, was ihm genügend Zeit schenkte, sie ausgiebig zu betrachten. Ihre Schönheit und der verträumte Ausdruck auf ihrem Gesicht erweckten in ihm den Wunsch, sie zu berühren, sie zu küssen, ihr nahe zu sein.

Allein ihre smaragdgrünen Augen zogen ihn magnetisch an. Er sollte einfach verschwinden und von ihr unbemerkt ins Haus schlüpfen, doch das konnte er nicht. Stattdessen pirschte er sich immer näher an sie heran, ließ sie nicht aus den Augen. Ihr kupferrotes Haar trug sie offen, die wilden Locken umrahmten ihr hübsches Gesicht und gaben ihr eine wahnsinnig erotische Ausstrahlung.

Sie war die schönste Frau, die er je gesehen hatte – und bei Gott – er hatte schon viele gesehen. Keine der anderen Frauen kam auch nur annähernd an sie heran. Unter dem dünnen Nachthemd, das nur knapp bis zum Knie reichte, zeichneten sich ihre zarten Brustwarzen ab.

Oh, wie gerne würde er sie in den Mund nehmen und daran knabbern. Zärtlich und vorsichtig, um ihr ein Stöhnen zu entlocken.

Genug geträumt, jetzt wollte er zu ihr. Langsam ging er auf sie zu und räusperte sich leise, um auf sich aufmerksam zu machen, ohne sie zu erschrecken.

Trotzdem machte sie vor Schreck einen gewaltigen Satz in die Luft und quietschte laut auf.

Sofort umfasste er ihre Schultern und sprach beruhigend auf sie ein.

»Ganz ruhig, hab keine Angst, ich bin es nur, Killian.«

Kate starrte ihn ungläubig an. Eigentlich hatte sie nur nach dem Tiger schauen wollen, weil sie nicht schlafen konnte. Stattdessen traf sie – schon wieder den splitternackten Killian. Und was meinte er mit »nur Killian«? Gerade vor seiner Nähe hatte sie doch am meisten Angst.

Mit seiner bloßen Anwesenheit raubte er ihr den Atem. Außerdem war er nackt, vollkommen nackt. Verstohlen schielte sie an ihm herunter. Herrje, sein Penis stand kerzengerade und schien sie herausfordern zu wollen. Groß und mächtig. Je länger sie ihn betrachtete, umso mehr Lust bekam sie auf ihn. Doch es wäre falsch, völlig falsch. Oder?

»Geh nach Hause, Killian«, wisperte sie mit dem letzten Quäntchen Selbstbeherrschung, das sie aufbringen konnte.

»Warum?«, knurrte er. »Hast du Angst vor mir?«

Statt einer Antwort drehte sie sich weg und strebte dem Haus entgegen, dem rettenden Hafen. Doch er war schneller, stellte sich ihr in den Weg und meinte mit rauer Stimme:

»Genug der Spielchen, Kate. Wir wissen beide, dass da was ist zwischen uns. Wieso sich dagegen wehren?

Das quält uns doch nur unnötig. Gib's doch endlich mal zu.«

Zur Hölle, war es möglich, dass er noch besser roch als sonst? Dieser animalisch-erotische Duft, der ihn umgab, ein Geruch nach Wald und Abenteuer, von dem sie sogar nachts noch in ihren Träumen schwärmte, war nun intensiver als sonst.

»Okay«, lenkte sie ein. »Vielleicht ist da so eine Art sexuelle Anziehung zwischen uns, aber das ist bloß eine dumme Laune der Natur. Wir können niemals zusammen sein. Wir sind Geschwister.« Selbst sie hörte die Unaufrichtigkeit in ihren Worten deutlich heraus.

Langsam hob er seine Hand und legte sie sanft auf ihre Wange. Sofort schoss ein Kribbeln durch sie hindurch, einem leichten Stromschlag ähnlich. Sein Gesicht, nein, sein ganzer Körper war schmutzig, dicke braune Striemen und Kratzer überall, was ihn noch heißer und verwegener aussehen ließ.

Er kam näher, noch näher, presste seinen nackten Körper gegen sie. Nur das dünne Stück Stoff, das sich Nachthemd nannte, lag noch zwischen ihnen. Sie spürte alles, vor allem seinen dicken, harten Schwanz, der gierig gegen sie drückte. Ein Schauer, jedoch keineswegs ein unangenehmer, durchzog ihren Leib. Es war einer derjenigen, die jeden Nerv in ihrem Inneren mit Lust erfüllte.

Als sie ihn endlich anschaute, war es zu spät, sie war verloren. Die Gier in seinen Augen war überdeutlich, dunkel vor Lust blitzte Killian sie an und in ihr regte sich etwas.

»Einmal«, flüsterte sie. »Nur ein einziges Mal, damit wir das endlich aus unseren Köpfen kriegen, okay?«

Seine Antwort lag in dem Kuss, den er ihr gab. In dem Moment, als sich seine Lippen auf ihre legten, fühlte sie es, spürte die Verbundenheit, die zwischen ihnen herrschte. Wie dumm war sie gewesen, jemals daran zu glauben, dass sie sich ihm entziehen könnte. Er war es, den sie begehrte, schon seit Jahren gab es keinen anderen mehr für sie. Kate konnte es sich selbst nicht erklären. Es fühlte sich an, als würde sie endlich nach Hause kommen – alles von ihr, Körper und Seele.

»Ich sitze knietief in der Scheiße, wenn sie sich nach heute Nacht wieder von mir abwendet«, dachte Killian, sprach es aber nicht aus. Stattdessen nahm er sich vor, den Moment zu genießen, solange er andauerte. Sein Kuss wurde leidenschaftlicher, er umarmte sie damit, schmeichelte ihr und verschlang sie zugleich. Halbherzig drückte sie mit ihren Fäusten gegen seine Brust, während ihr Mund ihn im selben Augenblick willkommen hieß. Kate erwiderte seinen Kuss ebenso leidenschaftlich, wie seiner zuvor war, dennoch stemmte sie sich gegen ihn.

»Deine letzte Chance«, murmelte er. »Lauf, wenn du mich nicht willst. Ich verspreche dir, dass ich dich dann nie wieder so berühre, wie jetzt. Wenn du aber bleibst, gehörst du mir heute Nacht.«

. . .

GEQUÄLT STÖHNTE SIE AUF, ein letztes Aufbäumen, dann schlang sie ihre Arme um ihn und ergab sich ihrem Schicksal. Denn sie wollte ihn, das schrie ihr ganzer Leib mit jeder Faser. Dieser Mann war es, der ihr Herz zum Rasen brachte. Er war derjenige, der derart intensive Gefühle in ihr weckte, wie sie es noch nie zuvor erlebt hatte. Berauscht von seinen Küssen und, gierig nach seinen Berührungen verdrängte sie alle Vorbehalte. Jegliche Vernunft schien wie weggeblasen, sie wollte ihn so sehr, dass sie an nichts anderes mehr denken konnte. Wie er roch, wie er schmeckte, wie er sich anfühlte – nur das zählte noch für sie. Ihr Killian, ihr Geliebter.

IHM WAR KLAR, jetzt gab es kein Zurück mehr. Sanft nahm er ihre Arme, umfasste ihre Handgelenke, drückte sie gegen die Hauswand, presste seinen Körper fest an ihren heran und sog ihren Duft in sich auf wie eine frische Brise am Morgen.

Nach einem Blick in ihre Augen, die funkelten vor Lust, beschloss er, dass der Fetzen Stoff, den sie trug, überflüssig geworden war. Killian zerriss ihn mit einer einzigen schnellen Bewegung, dabei kamen ihm seine scharfen Fingernägel gerade recht. Ein Überbleibsel seiner vorherigen Verwandlung als Tiger. Kate trug nichts darunter, wie er überrascht bemerkte. Zur Hölle, war das heiß. Sie erschrak nicht, zuckte nicht einmal, als es geschah, sondern lächelte ihn verträumt an.

Inzwischen schwebte sie in einer anderen Welt, auf ihrer eigens für Killian erschaffenen Wolke. Mit einer Hand umfasste er nun wieder ihr Handgelenk, während die andere Hand sich ausgespreizt auf ihre Kehle legte. Als er sie unglaublich langsam an ihren Rippen entlang runter wandern ließ, war sie verloren.

All ihr Zaudern löste sich in Luft auf, alle moralischen Bedenken warf er mit dieser einen Berührung über Bord. Hingerissen wie ein Kätzchen, das einmal von einer Schüssel Sahne schlecken durfte, wollte sie nur eins: mehr. Die Gier bewölkte ihren Geist, sie brauchte Killian, wollte ihn so sehr. Das Verlangen war so stark, dass ihr der Atem stockte. Seine Handflächen sanft an ihren Nippeln, seine Finger in ihrem Mund und in ihrer Liebesspalte, all das wollte sie spüren.

Kate sehnte sich nach Dingen, die sie sich bisher nicht einmal in ihren wildesten Lustträumen vorstellen konnte. Er sollte seine Lust herausschreien, seine Stimme dunkel vor Verlangen, genau so schmerzhaft, wie sie es gerade in sich spürte. Eine Gier, die ein Loch in ihre Seele bohrte, dunkel und heiß, ein gefährliches Feuer, das lichterloh brannte. Flammen, die sie umzüngelten und sie auffraßen vor Lust.

Sein Mund ersetzte nun seine Hände, folgte dem Pfad von ihrer Kehle, über ihre Rippen entlang nach unten. Keuchend vergrub Kate die Finger in seinen Haaren, um ihn schneller zu der Stelle dirigieren, die seine volle Aufmerksamkeit wollte.

Nach einer Ewigkeit, so schien es ihr, sank er in die Knie und seine weichen Lippen legten sich auf ihre Spalte. Augenblicklich rang sie nach Luft, dabei verharrte er nur bewegungslos dort. Sein Atem auf ihren Lippen kitzelte und verbrannte sie zugleich.

Herr im Himmel, ich hatte ja bisher keine Ahnung, was Lust ist, schoss ihr in den Kopf, während es in ihrem Bauch zog, und zerrte vor Verlangen. Endlich küsste er sie dort. Mein Gott, und wie er sie küsste. Sie bog ihm ihren Unterleib entgegen, während er seinen heißen Atem verführerisch gegen ihre Haut pustete. Seine Zunge spielte ein perfides Spiel mit ihrer Klit, neckte und lockte sie, ohne sie vollständig zu befriedigen. Immer wieder ließ er von ihr ab und hauchte Küsse auf die Innenseiten ihrer Schenkel, die sie beinahe ins Nirwana stürzten vor Verzweiflung und Entzücken, so intensiv brodelte die Gier in ihr. Schneller bewegte sich nun seine Zunge an und um ihre geschwollene Klit, zielgerichtet schenkte er ihr genau die Beachtung, die sie brauchte. Sie schrie leise auf, ihre Geduld war auf ein Minimum geschrumpft, ihr Venushügel dagegen heiß und pochend.

Hör nicht auf, hör nicht auf!, flehte ihr Innerstes und er schien zu spüren, wie dicht sie vor der Klippe stand. Ihre Augen schlossen sich von selbst, ihr Herz raste, keuchend atmete sie im gleichen Rhythmus schneller, in dem er seine Zunge bewegte. Sie glitt über ihre

Schamlippen, als würde er kostbaren Honig von einem silbernen Löffel lecken. Im nächsten Moment klemmte er ihren Kitzler zwischen Zähne und Zunge, ließ seine Zungenspitze immer wieder darüber rollen, bis sie ihre Lust herausschrie. Sie barst beinahe vor Erregung, die sich in ihrem Leib ansammelte und kurz davor war, alles in ihr explodieren zu lassen. Für einen Moment stoppte er und blickte zu ihr auf, sah ihr direkt ins Gesicht mit diesen unglaublich glühenden Augen, die ihr alles erzählten. Er verzog seinen Mund zu einem wissenden Lächeln, das freche Grinsen, das sie so sehr an ihm liebte. Sie fühlte den Hurrikan in ihrem Inneren, der mit einer gigantischen Welle unaufhaltsam in Höchstgeschwindigkeit auf sie zurollte.

Du bist nicht meine Schwester, formten seine Lippen kurz, bevor er sich wieder zwischen ihre Schenkel beugte und Kate zum Schreien brachte. Die Welle schlug über ihr zusammen und verschonte keinen Nerv, keine Zelle, keinen Zentimeter an ihr. Ein Feuerwerk explodierte in ihrem Unterbauch, stärker als alle, die sie zuvor erlebt hatte.

Sie war verloren.

5
LOST IN YOU

Während Kate noch im Nirwana der Lust schwebte, arbeiteten sich seine Lippen wieder an ihrem Körper hinauf. Er liebkoste ihren flachen Bauch, ihre Rippen, ihre sensiblen Brustwarzen und hauchte ihr schließlich ins Ohr: »Das hatte ich mir schon lange gewünscht.«

Die Worte klangen wie Balsam in ihren Ohren und ihre Gefühle für ihn wuchsen in Unermessliche. Alles mit ihm war so perfekt, so wunderschön – wie in einem Traum.

Sanft bedeckte er sie mit Küssen, dieses Mal vorsichtig, als wäre sie zerbrechlich. Ein fürsorglicher, verträumter Kuss, völlig anders als seine Berührungen nur Minuten zuvor waren. Sie schmeckte sich selbst in seinem Kuss, ihre eigenen Flüssigkeiten, so fremd und doch so vertraut. Es war erregend, ein Akt tiefer Vertrautheit. Je länger sie sich küssten, umso intensiver kam sein eigener Geschmack wieder zum Vorschein. Der Moment des Übergangs, kurz bevor er wieder völlig nach sich selbst schmeckte, war der lustvollste Augenblick ihres bisherigen Lebens. Voller Leidenschaft und Vertrauen zugleich. Derart erotisch, dass die Funken zwischen ihnen nur so zu sprühen und zu knistern schienen, ein elektrisierender Puls in ihrem Inneren.

Sie konnte dem Kribbeln in ihren Händen nicht widerstehen. Seinen dicken Penis vor Augen, ließ sie ihre Finger sanft seine Rippen hinabgleiten, bis sie an seiner Hüfte stoppten und langsam zum Objekt der Begierde wanderten. Sanft umschloss sie sein Glied mit beiden Händen, dann ließ sie sich, genau wie er zuvor, auf die Knie sinken. Sein unsicherer Stand war nichts, was er nun verkraften konnte, deshalb packte er sie kurzum an der Hüfte, hob sie hoch und drehte sie beide einfach herum, sodass er sich nun gegen die Wand lehnen konnte.

»Zwischen deinen Händen verliere ich sonst den Halt, Kate«, flüsterte er entschuldigend.

Grinsend sah sie ihn an, die Mundwinkel neckisch nach oben gehoben.

»Wer sagt denn, dass ich Hand an dich anlegen will? Ich hatte etwas ganz anderes vor, *Bruderherz.*«

Scharf zog er die Luft ein. Es war klar, das Blatt hatte sich gewendet, nun besaß sie alle Macht über ihn. Das erregte ihn. Seine starke, mutige Kate kontrollierte nun seine Lust. Ein Gedanke, der ihn vor Wonne schaudern ließ.

Sie schloss die Hand um den Schaft seines Penis und begann spielerisch an seiner Spitze zu lecken. Die Emotionen in ihm spielten verrückt, alles an und in ihm stand unter Strom, als sie sein Glied völlig mit ihrem Mund umschloss. Laut stöhnte er auf, es war unmöglich, den Grad seiner Erregung zu verbergen, warum auch?

Er beobachtete sie, ließ sie keinen Atemzug lang aus den Augen. So schön. Sie war so wunderschön, dass er es niemals in Worte fassen könnte. Der Wasserfall an wilden Kupferlocken umrahmte ihr Gesicht, fiel ihr über den Rücken und verbarg wie ein Vorhang, was sie mit ihrem Mund da unten alles anstellte, das alles nur noch aufregender machte. Denn er fühlte es, *Hell, yes!*, und wie er es fühlte. Der Boden drohte ihm unter den Füßen wegzuschmelzen, weshalb er Halt suchend seine Hände in ihrer roten Lockenmähne vergrub. Der Anblick ihrer hellen Haut, so zart und weich, glatt und unversehrt wie Babyhaut, ließ ihn augenblicklich noch härter werden, obwohl dies fast unmöglich zu sein schien.

Er keuchte auf, als sie sich von ihm entfernte, sein Glied wieder aus ihrem weichen, warmen Mund herausgleiten ließ. Augenblicklich fühlte er sich verloren, eine schreckliche Leere umfasste mit eisernem Griff sein Herz.

Sie blickte ihn an. »Komm zurück zu mir«, flehten seine Augen, und sie schien es zu verstehen. Denn in der nächsten Sekunde nahm sie seinen Penis wieder in sich auf. Ihre Zunge tanzte um die Länge seines harten Glieds herum, immer wieder umschloss sie es ganz, nahm es tief in ihren Mund auf und schenkte ihm alles, was er brauchte. Sein fester Griff in ihren Haaren bedeutete ihr, weiterzumachen und nicht aufzuhören. Er begann leicht zu zittern vor Erregung, sein Atem ging schneller, er keuchte. Und wieder einmal wurde ihm klar: Er hatte keine Chance, ihr zu widerstehen, diese Frau weckte etwas in ihm, das stärker war als jegliche Vernunft. Sie war seine Droge, seine Sucht, er war ihr verfallen.

Kate war überrascht. Alles, was sie tat, schien ihn noch mehr zu erregen. Auf ihre Berührungen reagierte er derart intensiv, als hätte er sich seit Jahren nichts sehnlicher gewünscht. Seine Bewegungen folgten ihrem Rhythmus. Sie gab den Ton an, er folgte.

Ein herrliches, neues Gefühl für Kate, das ihr ein Gefühl der Macht über ihn gab. Sie hatte die Oberhand, endlich fraß er ihr aus der Hand. Ihre Klit pochte und schmerzte, die Lust in ihr erwachte mit jedem Vor- und Zurück mehr. Der Rhythmus steigerte sich und sie schlossen die Welt um sich herum aus. Unbemerkt hatte sich ihre eigene Hand an ihre Scheide getastet. Sie rieb sich selbst, während sie ihm die gleiche Befriedigung mit ihrem Mund schenkte. Ein unfassbar geiles Gefühl, sie kam sich frei und frech vor, sie nahm sich, was sie wollte. Wie hatte sie auch ahnen können, wie viel Lust ihr Körper ihr geben konnte, welch befriedigende Glücksgefühle Killians Erregung bei ihr herbeizauberte?

Als er es wohl nicht mehr ertrug, als er sogar noch

mehr anschwoll, ließen seine Hände von ihren Haaren ab und hingen achtlos an ihm herab. Kate umfasste seinen Penis fest und zog langsam, überaus langsam ihren Mund weg. Doch augenblicklich massierte sie ihn mit kräftigen, schnellen Bewegungen. Sein Körper verkrampfte, erzitterte und bebte, während seine Lust aus ihm herausschoss und ihren Hals entlang nach unten lief, zwischen ihre Brüste. Sie wartete eine Weile, dann nahm sie ihn noch einmal in den Mund und leckte die letzten Lusttropfen ab.

Als sie fertig war, ließen sie sich zu Boden gleiten und saßen nebeneinander, nackt und entblößt.

Je länger sie einander ansahen, desto mehr wich die Glückseligkeit in ihr und die Scham erwachte.

»Was haben wir nur getan?«, seufzte sie, während er ihr lässig einen Arm um die Schultern legte. Beschützend und beruhigend zugleich. Doch es fühlte sich gefährlich vertraut an, dieses Gefühl der Nähe. Sie wehrte sich dagegen, hatte Angst, welche Komplikationen es in ihrem Leben verursachen könnte, wenn sie und ihr Stiefbruder...!

»Ich ahne, was du denkst, aber du machst einen Fehler, Kate. Technisch gesehen sind wir nicht einmal mehr Stiefgeschwister, unsere Eltern sind längst geschieden. Deine Mum heiratet morgen ihre neue Liebe. Mein Dad hat das auch akzeptiert, also was soll´s.«

Die Gedanken liefen Amok in ihr, das Karussell der Zweifel drehte sich schneller und schneller.

»So einfach ist das nicht. Peter ist mein Dad. Der

einzige und beste, den ich je kannte. Er ist meine Familie – und du bist sein Sohn.«

Abrupt stand sie auf.

»Ich kann das nicht. Es tut mir leid, Killian, es war wunderschön mit dir und ich werde es nie vergessen. Aber es ist absolut falsch. Außerdem gibts da ja auch noch Lindsay, falls du das vergessen hast. Sie scheint nett zu sein, mit ihr hast du eine Zukunft. Mit mir nicht.«

Sie rannte weg, um sich in ihrem Zimmer zu verschanzen und ihr tränennasses Gesicht in den Kissen zu vergraben. Panik wallte in ihr auf.

Sie hatte Mist gebaut. Das war ein riesengroßer, unverzeihlicher Fehler, unter dem sie beide leiden würden. Nicht nur, dass er in einer Beziehung war und sie das in den letzten Stunden völlig verdrängt hatte, er war auch noch der Sohn ihres Dads. Ein Teil ihrer Familie. Sie war kurz davor gewesen, einer Frau den Mann zu stehlen und ihre eigene Familie zu zerstören. Das musste sie wieder gutmachen, mit allen Mitteln.

Killian indessen saß immer noch auf dem kalten Boden, wie vom Donner gerührt. Es war tatsächlich geschehen, wieder hatte sie ihn zurückgestoßen. Wie hatte er nur so dumm sein können, sich auf dieses Risiko einzulassen? Sie verletzte ihn, immer wieder, schon seit sie Kinder waren. Doch dieses Mal, das spürte er, hatte sie ihn wahrhaftig gebrochen. Diese Wunde würde nicht verheilen, sondern sich als dicke Narbengeschwulst auf sein Herz legen. Nur sie verfügte über die Macht, ihn zu verletzen – und genau das hatte sie gerade wieder einmal getan. Sie zog sich zurück und er blieb allein. Doch wieso tat sie ihm und sich selbst das immer wieder an? Etwas in ihm sagte ihm, dass auch sie viel für ihn empfand. Dennoch hatte sie ihn zurückgestoßen? Aus Angst? Oder gab es noch andere Gründe? Diese Frau verwirrte ihn. Immer, wenn er glaubte, sie zu kennen, tat sie etwas, das er nicht verstand – oder eher nicht verstehen wollte. Wenn etwas sich so gut anfühlte, wieso soll man es dann aufgeben?

Noch eine Stunde lang saß er da, völlig in Gedanken versunken. Dann schlenderte er als gebrochener Mann in sein Haus zurück.

~

Der nächste Morgen war kaum zu ertragen, Kate fühlte sich furchtbar. Wie sollte sie Killian, ihrem Dad oder dieser Lindsay je wieder unter die Augen treten können? Am liebsten wollte sie auf der Stelle abreisen, zurück nach New York fliegen und sich in die Arbeit stürzen, um vergessen zu können. So, wie sie es auch das letzte Mal getan hatte. Wie hatte sie nur glauben können, dass sie Killian nach einer heißen Nacht je wieder aus dem Kopf bekam? Das Gegenteil war der Fall. Jetzt noch spürte sic das unglaubliche Verlangen, ihn berühren zu müssen, mehr von ihm zu bekommen, mehr mit ihm auszuprobieren. Das Schlimmste an allem aber war, dass sie tief in ihrem Inneren wusste, dass es sich nicht nur auf das Körperliche beschränkte. ER war ihr wichtig, so viel wichtiger, als sie je geahnt hatte.

Trotzdem ging der Alltag weiter. Kate griff entschlossen zum Smartphone und rief die Fluggesellschaft an, um ihren Flug umzubuchen. Es kam zwar richtig teuer, dennoch gelang es ihr, den Flug auf den nächsten Morgen zu verlegen. Sie hatte keine Ahnung, wie sie das Peter erklären sollte, aber ihr blieb keine andere Wahl, wenn sie ihre Familie retten wollte und ihren Fehler – auch Lindsay – gegenüber - wieder gutmachen wollte.

Während sie einen Kaffee nach dem anderen trank, war Killian schon längst auf der Arbeit. Er beschloss, seine Aufgaben heute so schnell es ging, hinter sich zu bringen und den Rest an seine Mitarbeiter zu delegieren. Das war sonst wirklich nicht seine Art, er hatte bisher keinen einzigen Tag freigenommen – und heute auch nicht. Aber er wollte früh Schluss machen und sich dann abends auf der Feier ordentlich betrinken. An der eigentlichen Hochzeitszeremonie nahmen weder Peter noch er teil, das wäre zu viel des Guten. Aber bei den Feierlichkeiten am Abend hatten sie selbstverständlich zugesagt. Killian wusste, dass Peter noch immer auf eine seltsam verdrehte Art an Christie hing. Er hatte sie geliebt und ein Hauch dieser Liebe schwebte noch in seinem Kopf herum. So ganz hatte er das Ende ihrer Beziehung nie verkraften können, auch wenn er das nie zugeben würde. Nicht einmal seinem eigenen Sohn gegenüber. Tja, so funktionierten die Starks-Männer.

Kate trug noch immer den Mädchennamen ihrer Mutter, nämlich Matthews. Sie hatte Peters Familiennamen nie angenommen, aus Trotz damals. Inzwischen war Killian froh darüber. Es machte sie beide noch weniger zu Geschwistern, wenn sie verschiedene Namen trugen.

Der Frust, die Enttäuschung und vor allem die Wut in ihm fraß ihn auf. Weshalb war sie zurückgeschreckt? War es wirklich nur Angst gewesen, oder steckte mehr dahinter? Er wusste nicht viel von ihrem Privatleben in New York, vielleicht gab es da einen Mann, den sie mochte. Einer, der ihr das actionreiche Großstadtleben bieten konnte, das sie anscheinend wollte.

Seltsam, es passte nicht zu ihr, seiner Meinung nach. Sie liebte die Natur, die weiten Ebenen und hohen Berge Montanas genauso sehr wie er. Was also fand sie nur an einer verdreckten Großstadt, wo alle auf engstem Raum vor sich hin schufteten und nur Arbeit im Kopf hatten? Ein Rätsel, das er wohl nicht mehr lösen konnte. Wie er sie kannte, hatte sie ihren Flug nach New York bereits auf morgen vorverlegt. Sie flüchtete, wie schon einmal, und zwar vor ihm. Nichts könnte sie davon abhalten, das wusste er. Hatte sie einmal eine Entscheidung getroffen, dann blieb es auch dabei.

Ein Gedanke schoss ihm in den Kopf: Sollte er seinen Dad bitten, den gleichen Zauber des Vergessens über ihn selbst zu legen? Genau wie Peter es damals bei

Kate getan hatte, um sie vor der Wahrheit zu schützen. Vergessen wäre so viel einfacher, das ahnte er. Und er sehnte sich danach, nun, da sie ihn endgültig als Gefährte abgelehnt hatte, sie für immer aus dem Kopf zu bekommen. Und aus diesem verflixt blutenden Herzen.

Kate verbrachte den Morgen, wie die letzten auch, gemeinsam mit Christie. Mehrere Stunden verweilten sie im Beautysalon, um Haare und Gesichter für den großen Tag im besten Licht erstrahlen zu lassen. Ihre Mutter hatte darauf bestanden, dass auch Kate wie eine Königin behandelt wurde. Als sich dann je zwei Leute gleichzeitig um ihre aufwendigen Make-ups kümmerten, kam sich Kate sich wie ein Hollywoodstar vor.

Doch obwohl es schön war, so gestylt zu werden, fühlte es sich fremd an. Dies war nicht ihre Welt. Sie sehnte sich nach einem entspannten Ausritt mit Calla, doch heute konnte sie das vergessen. Jetzt zählte nur noch die Hochzeit.

So schön Kate nach der Beautybehandlung auch aussah, so hässlich fühlte sie sich in ihrem Inneren. Ein dunkles Loch breitete sich Zentimeter für Zentimeter weiter aus, verschlang ihre Zuversicht und jedes bisschen Licht und Hoffnung, die sie bisher im Herzen gehabt hatte. Ihre Zukunft lag grau und trist vor ihr. Kein Killian mehr, kein Dad in nächster Zeit, keine Heimat. Wie hatte sie es damals, nach dem Kuss mit Killian nur geschafft, alles wieder zu verdrängen? Es war ihr ein

Rätsel, denn die Gefühle für ihn waren überwältigend, mochten sie auch noch so falsch sein.

Lange hielt sie das nicht mehr aus, sie musste mit jemandem darüber reden. Und wer gerade direkt neben ihr saß, war ihre Mum. Ein Risiko, doch sie musste Dampf ablassen, brauchte dringend den Rat einer vernünftigen Person. Und ihre Mutter war heute besonders gut gelaunt.

»Mum, ich muss dich was fragen«, begann sie.

Interessiert sah Christie sie an.

»Es geht um Killian. Siehst du uns, also ihn und mich als Geschwister an?«

Ein seltsamer Ausdruck legte sich über Christies bis dahin so fröhliche Miene. War es Verärgerung?

»Natürlich seid ihr Geschwister, wenn auch nicht rein biologisch. Aber ihr beiden seid in einem Heim groß geworden, wie Bruder und Schwester. Daran gibt es keinen Zweifel. Warum fragst du?«

Kate nahm all ihren Mut zusammen und fuhr fort.

»Nun mal angenommen, er und ich, also, wir wären uns körperlich näher gekommen. Hältst du es für eine gute Idee, das fortzuführen?«

Entsetzt starrte Christie sie an.

»Er hat dich bedrängt, stimmt´s? Ich hab es schon immer geahnt, dass er mit dir schlafen will. Schon damals haben seine Augen Feuer versprüht, wenn er dich angesehen hat. Vergiss es, Kate. Er ist dein Bruder, außerdem ein unglaublicher Schwerenöter und in der ganzen Region dafür bekannt, Mädchenherzen zu brechen. Er sieht dich nur als Trophäe, die er haben möchte. So gern ich ihn auch habe, als Partner ist er garantiert nichts für dich.«

Sie schlug sich die Hand vor den Mund und erblasste augenblicklich. »Stell dir nur mal den Skandal vor, wenn herauskäme, dass ihr beide was miteinander habt. O Gott, Kate, kein Mann hier würde dich mehr anschauen, keine Frau dich mehr grüßen, du wärst gesellschaftlich unten durch. Das darfst du nicht riskieren, das verstehst du sicher? Selbst wenn du danach wieder zurück nach New York gehst, wenn er dich fallen gelassen hat, bliebe die ganze Schmach an mir hängen. Tu mir das nicht an, mein Liebes. Du bist doch meine Tochter.«

Kate wurde übel, ihrer Meinung nach war Christie damit zu weit gegangen.

»Ach, bin ich das wirklich? Als Kind hab ich dich doch auch nie interessiert, du warst zu jedem netter als zu mir. Keine Umarmung, kein Lob, rein gar nichts. Aber keine Angst, ich hatte nie vor, etwas Ernsthaftes mit ihm anzufangen.« Stimmte das? Sie hoffte es, aber eine Stimme in ihr protestierte leise. Erst die Worte ihrer Mutter verdrängten diese.

»Gut so, mein Kind. Ich weiß, dass ich nicht die Mutter war, die du dir gewünscht hast, aber inzwischen bereue ich meine Fehler. Ich will doch nur dein Bestes, Kate. Komm, lass uns den Tag genießen, man heiratet schließlich nicht oft im Leben.«

Kate verstummte und verbrachte den Rest der verbliebenen Zeit mit Christie äußerlich fröhlich, auch wenn ein Vulkan in ihr brodelte. Sollte eine Mutter ihre Tochter nicht unterstützen? Stattdessen schien es Christie nur um sich selbst zu gehen. Offenbar hatte sie sich doch nicht so sehr geändert.

Die Hochzeitszeremonie war schön, aber viel zu glamourös und künstlich. Wahre Romantik kam dabei nicht auf. Mike wirkte eher wie ein Schaumschläger, als wie ein ehrlicher, bodenständiger Typ. Aalglatt und sehr von seiner Wirkung überzeugt, ganz anders als Peter. Gut nur, dass dieser nicht anwesend war, er hätte dieser ganzen Farce von Prunk sicher auch nichts abgewinnen können.

Endlich war es Abend und nur noch die Feier in Mikes Villa stand an. Kate war inzwischen völlig fertig mit den Nerven, denn auch, wenn sie bald nach New York zurückreisen konnte, stand ihr eine Begegnung mit Killian bevor.

Sie blickte an ihrem neuen, von Christie gesponserten, grün schimmerndem Kleid hinunter. Es war weit geschnitten mit einem bauschigen Rock. Das Oberteil ging bis zum Hals und zeigte keinerlei Dekolleté. Als sie sich im Spiegel erblickte, sah sie eine Fremde. All dieses Make-up und die brav frisierten Haare, das war nicht sie. Der Friseur hatte aus ihrer wilden Lockenmähne weiche Wellen geschaffen, was ihr nicht sonderlich gefiel. Trotzdem blieb ihr, wenn sie ihre Mutter nicht verärgern wollte, nichts anderes übrig, als so auf der Feier zu erscheinen.

Eine Stunde später verspürte sie nichts als gähnende

Langeweile. Mike hatte ihr sämtliche Spieler seiner Footballmannschaft auf den Hals gehetzt und einer nach dem anderen verwickelt sie in öde Konversationen. Meist schwärmten sie dabei von ihrem eigenen Können, wohl um sie zu beeindrucken. Unbewusst hatte sie anscheinend stets den Eingang im Auge gehabt, denn sie erblickte ihn in der Minute, als er den Raum betrat. Ihr Herz raste, die Handflächen wurden feucht. Wieder einmal warf sein bloßer Anblick sie um. Wieso konnte sie nicht einen hässlichen Stiefbruder haben, warum nur musste er aussehen wie ein junger Gott? Plötzlich erinnerte er sie an Thor aus den gleichnamigen Filmen. Kein Wunder, dass sie nach den Kinobesuchen der Filmreihe jedes Mal heiße Träume gehabt hatte. Er sah aus wie Killian. Verdammt.

Ihr Mund wurde trocken, als er sie erblickte, und sie könnte schwören, dass ihr Herz einige Takte lang aussetzte. Das Feuer in seinen Augen erlosch jedoch gleich und wich einem kühlen Ausdruck, der sich maskenartig auf sein Gesicht legte. Er sah nach hinten und lächelte Lindsay an, die nun den prächtig geschmückten, mit blickdichten Zäunen umrahmten Garten betrat. Sie war bei ihm, an seiner Seite. Eifersucht blitzte in Kate auf, doch sie zwang sich ruhig zu bleiben. Sie hatte Lindsay mit Killian hintergangen, nicht andersrum, das musste sie sich verdeutlichen.

Lindsay trug ein goldenes, schlauchähnliches Kleid und aus jeder ihrer Poren schien Sinnlichkeit zu dringen. Dazu strahlte sie Killian mit einem Tausend-Volt-

Lächeln an, während er besitzergreifend den Arm um ihre Taille legte. Er flüsterte ihr etwas ins Ohr und sie kicherte ausgelassen.

Kate bekam kaum noch mit, was ihr Gegenüber redete. Sie fixierte nur Killian und Lindsay, beobachtete jede Bewegung. Sah, wie Christie und Mike beide überschwänglich umarmten und wie Peter sie stirnrunzelnd begrüßte. Offenbar war auch er nicht ganz einverstanden mit dem, was er sah, aus welchem Grund auch immer. Vielleicht war er missgelaunt, weil sie erst so spät hier erschienen.

Kate nippte nun nicht mehr an ihrem Champagner, sondern leerte das Glas in einem Zug. Ihr Gesprächspartner Luke, den Namen hatte sie sich gerade noch gemerkt, eilte sofort los, um ihr Nachschub zu besorgen. Dumm nur, dass Killian und Lindsay nun zielsicher auf sie zusteuerten. O mein Gott. Was sollte sie sagen, wie nur konnte sie ihren Ärger verbergen? Oder besser: ihre nicht angebrachte Eifersucht.

Jetzt standen beide direkt vor ihr und Lindsay begrüßte sie mit einer herzlichen Umarmung, während Killian ihr nur zunickte.

»Hallo, Schwesterherz.«

Verdammt, er *war* sauer auf sie, das schien offensichtlich zu sein.

»Hey Killian«, begrüßte sie ihn und streckte ihm höflich die Hand hin, die er ignorierte.

Lindsay kicherte. »Ihr zwei wirkt eher wie Fremde, als wie Bruder und Schwester. Kaum zu glauben, dass ihr miteinander aufgewachsen seid.« Die Stille, die auf diesen Kommentar folgte, war beinahe unerträglich.

Killian musterte Kate. Dies schien nicht mehr dieselbe Person zu sein, mit der er diese unglaublich heiße Nacht verbracht hatte. Was sollte nur diese biedere Verkleidung und diese dicke Schicht Make-up? Sie wirkte um Jahre älter und hatte ihre wilde Seite komplett versteckt.

»Wer bist du und wo hast du Kate gelassen?«, rutschte es aus ihm heraus und zugleich bereute er, überhaupt mit ihr gesprochen zu haben. *Distanz halten,* so lautete seine eiserne Regel bezüglich Kate heute Abend.

»Das ist das Werk meiner Mutter«, kommentierte sie sichtlich nervös.

»Ach ja? Und seit wann machst du, was Christie befiehlt?«

Er hatte recht, verdammt noch mal. Sie biss sich auf die Lippen, um nicht loszuweinen, denn plötzlich überkam sie richtige Verzweiflung. Sie sah albern aus und hatte sich völlig dem Willen ihrer Mutter gebeugt.

»Du bist eine erwachsene Frau und entscheidest selbst, was du willst. Das ist doch so, Kate, nicht?«, fragte er und sein Blick bohrte sich tief in sie hinein. Sprach er überhaupt noch von ihrem Äußeren oder spielte er auf etwas anderes an?

Das den Tag über sorgfältig aufgebaute Kartenhaus fiel nun komplett zusammen. Ihr war übel, noch dazu leicht schwindelig.

Prüfend musterte Killian sie.

»Was ist los? Sag mal, hast du heute schon was gegessen?« Wie gut er sie kannte, denn tatsächlich hatte sie vergessen, etwas zu sich zu nehmen, wie ihr nun einfiel. Als sie schwach verneinte, berührte er sie sanft an der Schulter und führte sie zum Büffet. Dort lud er ihr haufenweise Köstlichkeiten auf den Teller. Alles Dinge, die sie sehr mochte. Wie gut er sie kannte!

Während Lindsay ihr besorgte Blicke zuwarf, nahm sie Killian den Teller ab und deutete zu dem Bereich des Gartens, in dem Tische und edel geschmückte Stühlen platziert worden waren.

Sie ging voraus und Killian stützte sie. Ihr war nun unglaublich schwindelig. Verflixt, Champagner vertrug sich nicht mit einem leeren Magen, auch wenn es nur ein Glas war. Doch nicht nur deshalb war ihr nicht schummrig. Das eigentliche Problem stellte Killian dar. Viel zu deutlich war sie sich seiner Nähe bewusst. Kurz bevor sie bei den Tischen ankamen, raunte er ihr kaum hörbar ins Ohr:

»Für mich war das mehr als nur eine heiße Nacht, Kate. Vergiss das nicht.«

Toll, nun war es so weit. Die erste Träne der Verzweiflung rollte über ihre Wange und sie war kurz vorm Zusammenbruch. Sie liebte diesen Mann, durfte diese Gefühle aber niemals ausleben, sonst würde sich ihre Mutter für immer von ihr abwenden.

Hastig schüttelte sie seine Hände ab.

»Von jetzt an komme ich alleine klar. Danke.«

Sein verletzter Ausdruck ließ ihre Eingeweide sich schmerzhaft zusammenziehen, sich krümmen und verkrampfen, als hätte sie innere Blutungen.

Ohne ein weiteres Wort zu verlieren, drehte er ihr den Rücken zu und verschwand.

»Das war´s, jetzt bist du ihn für immer los, Kate«, murmelte sie leise.

»Ist es denn das, was du möchtest?«, fragte plötzlich eine sanfte Stimme. Lindsay war an ihrer Seite und begleitete sie zu Tisch, drückte sie vorsichtig auf einen Stuhl nieder und schob ihr den Teller hin.

»Du solltest eins wissen«, fuhr sie fort, während Kate sie erstarrt anblickte, unfähig, zu reagieren.

»Er liebt dich, nur dich. Das war schon immer so.«

Nun klappte Kate die Kinnlade runter vor Schock.

»Aber du und er, ihr seid doch ein Paar, oder?«

Lindsay lachte, laut und klar, es schwang keinerlei Bitterkeit mit.

»Nein, Kate, das waren wir nie. Wir sind Buddies, Freunde mit gewissen Vorzügen, wobei wir uns nicht einmal sonderlich nahe stehen. Er hat sich mir gegenüber nie wirklich geöffnet. Es gab mal eine Zeit, da ich mehr wollte. Aber er hat mir offen gesagt, dass er mich niemals lieben kann, weil da schon eine andere Frau in seinem Herzen ist. Und seit ich dich kennengelernt habe, eure Blicke gesehen habe, weiß ich auch endlich, wer die ominöse Frau ist. Du bist es, Kate. Du bist seine große Liebe.

Heute Nachmittag habe ich ihn drauf angesprochen

und er hat mir alles gebeichtet, weil er wirklich am Boden zerstört ist. Kate, er ist der tollste Kerl, den ich kenne, und du bist ein echter Dummkopf, wenn du das nicht sehen kannst. Er liebt dich, dieser unglaublich charmante, warmherzige und heiße Kerl ist bis über beide Ohren in dich verliebt. Brich ihm nicht das Herz, ok?«

Mit diesen Worten stand sie auf und schlenderte zu einer Gruppe Footballspieler, die sie begeistert in ihrer Mitte aufnahmen.

Nun reichte es. Kate hielt es keine Sekunde länger mehr hier aus. Sie eilte zu Peter, um sich seinen Wagen auszuleihen. Dann fuhr sie nach Hause.

Killian hatte aus sicherer Entfernung Kates Gespräch mit Lindsay beobachtet. Er wusste, dass Lindsay sich nicht zurückgehalten hatte und ihr alles erzählt hatte, das konnte er an ihren Mienen erkennen. Lindsays ernster Ausdruck und Kates schockiertes Gesicht verrieten ihm alles. Und wie reagierte sie, was tat sie? Kam sie zu ihm, um in Ruhe über alles zu reden? Nein, sie flüchtete mit wehenden Fahnen, wie sie es immer tat. Sogar von der Hochzeit ihrer Mutter, deren Meinung ihr doch anscheinend so wichtig war. Warum sonst hätte sie sich derart von ihr äußerlich verändern lassen?

Killian hatte genug gesehen. Sie würde niemals zu ihm zurückkommen, das wusste er jetzt mit hundertprozentiger Sicherheit. Er war der Dumme, der

Kerl, den sie nicht wollte. Wütend verabschiedete er sich von Lindsay, dann kurz und knapp vom Hochzeitspaar und schließlich von seinem Dad.

»Junge, nimm es dir nicht so zu Herzen, sie wird ihre Meinung noch ändern, glaub mir.« Sein Dad hatte also genau erkannt, dass alles wieder hochgeflammt war. All die Begierden, Gefühlen und dieses erotische Knistern. All die Verletzungen. Er wusste es.

»Dad«, meinte er kopfschüttelnd. »Wir kennen sie beide. Vermutlich ist sie bereits auf dem Weg zum Flughafen und wird sich so lange nicht mehr hier blicken lassen, bis sie mit einem schnöden New Yorker verheiratet ist und an jeder Hand zwei Kinder hat. Sie wird die nächsten Jahre nicht mehr bei uns auftauchen, so viel ist sicher.«

Ohne eine Antwort abzuwarten, stürmte er los und ließ die fröhliche Hochzeitsgesellschaft hinter sich.

Weg, nur weg von hier.

6

NACKTE TATSACHEN

Kurz vor ihrer Ankunft auf der Farm kam Kate ein tiefschwarzer Pick-up entgegen. Der Fahrer raste in halsbrecherischem Tempo und sie fluchte noch darüber, als sie es laut krachen hörte und erschrocken in den Rückspiegel blickte. Der Wagen hatte die Kurve nicht gekriegt und war frontal gegen einen Baum geknallt. Kate setzte sofort zurück und stieg aus, das Handy bereits am Ohr, um den Notruf zu tätigen. Zwei Männer saßen im Inneren des Wagens und bluteten aus mehreren Wunden. Eilig rief Kate 911, gab den Standort durch und schilderte knapp, was geschehen war. Dann öffnete sie die Fahrertür und kümmerte sich um die Verletzten.

Beide waren ansprechbar, aber verwirrt. Sie redeten unsinniges Zeugs von einem riesigen Monstrum, das sie erledigt hatten. Kate blickte sich um und entdeckte einige Gewehre im Inneren des Wagens. Die Ladefläche war jedoch leer. Offensichtlich handelte es sich um Jäger, doch da die Jagd in dieser Gegend nicht erlaubt war, mussten es entweder Wilderer sein oder sie kamen gerade aus einem entfernten Waldgebiet.

»Bleiben Sie ganz ruhig«, sprach sie auf die Männer ein. »Sie sind verletzt, aber der Krankenwagen ist schon unterwegs. Ich bleibe bei Ihnen, bis die Notärzte übernehmen.«

Der Fahrer sprach aufgeregt weiter.

»Wir haben ihn erwischt, ich weiß es. Gleich da vorne, in dem Waldstück. Doch plötzlich war er weg und wir konnten ihn nicht mehr finden. Verdammt, ein Tiger kann doch nicht einfach so verschwinden.«

Das Blut in ihren Adern gefror augenblicklich zu Eis. Ein Tiger? Das konnte nur *ihr* Tiger sein. Dann gab es ihn also doch? Wenn andere ihn auch sahen, ihn sogar angeschossen hatten, konnte er keine Luftspiegelung sein, keine Fata Morgana. Sie musste handeln, um ihn zu schützen, sofort. Jegliches Mitleid mit den Männern schwand schlagartig und sie beugte sich weit ins Wageninnere. Mit schneidender Stimme begann sie:

»Falls, ich betone: *falls,* das wirklich ein Tiger war, dann würde ich an Ihrer Stelle sofort schweigen und ihn mit keinem Wort mehr erwähnen. Niemandem gegenüber. Ansonsten, und das schwöre ich Ihnen, zeige ich Sie sofort wegen Wilderei an. Sie haben gerade zugegeben, dass Sie hier gejagt haben. Sobald Sie den Tiger erwähnen, wird die Sache morgen schon in sämtlichen *News* stehen. Radio, Fernsehen, alle werden sich darauf stürzen. Und Sie beide sind dann nicht die Helden, sondern die Verbrecher. Falls Ihnen diese verrückte Geschichte überhaupt jemand glaubt. Viel wahrscheinlicher ist es, dass Sie umgehend in eine Psychiatrie eingeliefert werden und Ihre offensichtlichen Wahnvorstellungen dort mit Medikamenten behandelt werden. Wollen Sie das wirklich?« Sie blickte die Männer scharf an, die beide eine Weile schwiegen. Dann verneinten sie vehement.

»Sie dürfen nichts sagen«, flehten sie Kate an. »Wir haben hier zum ersten Mal gejagt und werden es nie wieder tun. Und Sie haben recht. Vermutlich haben wir uns die Sache mit dem Tiger bloß eingebildet, es gibt ihn überhaupt nicht.«

»Genauso sehe ich die Sache auch. Aber beten Sie zu Gott, dass Sie in Ihrer Wahnvorstellung nicht irgendetwas anderes verletzt haben.«

Sie wusste selbst nicht genau, weshalb sie gerade so handelte, aber etwas in ihrem Inneren drängte sie dazu, den Tiger in jedem Fall geheim zu halten, um ihn zu schützen.

Als sie kurz danach aus einiger Entfernung die Sirenen der Krankenwagen hörte, hielt sie nichts mehr am Unfallort. Augenblicklich sprang sie ins Auto und fuhr schnell weiter. Sie hielt nicht vor dem Haus, sondern bretterte mit Peters Ford über die Wiese direkt zum Waldrand. Dann hielt sie an und sprang aus dem Wagen. Gott sei Dank hatte Peter immer eine Taschenlampe im Auto. Doch mit den hochhackigen

Schuhen kam sie kaum vorwärts, stolperte und strauchelte ständig. Außerdem störte der weite Rock des hässlichen Kleides beim Durchforsten des Waldes. Also zog sie die Schuhe aus und versuchte den Saum des Kleides abzureißen, was jedoch nicht ging. Fluchend raffte sie den Stoff und hielt ihn hoch, damit er sie nicht weiter beim Vorwärtskommen behindern konnte. Schon bald merkte Kate, wie sinnlos diese Suche war.

Gerade, als sie aufgeben wollte, hörte sie ein Stöhnen. Es klang nach Mensch, nicht nach einem Tiger, und es hörte sich an, als hätte jemand große Schmerzen. Verfluchter Mist, hatten diese Mistkerle etwa einen Menschen mit einem Tiger verwechselt? Wie bescheuert mussten die sein? Kate lauschte noch mal und rannte dann los, so schnell sie konnte. Kleine Äste, Steine und Tannennadeln bohrten sich in ihre bloßen Fußsohlen und piksten sie blutig. Doch es war ihr egal, denn sie wusste, dass sie nun nah bei dem Verletzten sein musste.

Da vorne, hinter einem riesigen Baumstamm hatte sich etwas bewegt. Kate stürzte darauf zu und stand plötzlich vor dem Tiger, der sie aus schreckensgeweiteten Augen ansah. Hilflos und verletzt lag er auf dem Waldboden. Offensichtlich hatte er hinter dem Baum Schutz gesucht. Himmel noch mal, es war also doch der Tiger und kein Mensch. Langsam beugte sie sich vor und sprach beruhigend auf ihn ein. Es war IHR Tiger, derjenige, der ihr durch die Kindheit geholfen hatte, und er war stark verletzt. Aus einer Wunde an der Seite floss eine Menge Blut, und das Fell drum herum war bereits rot gefärbt. Ein klägliches Geräusch drang aus seiner Kehle, das sie bis ins Mark traf. Kate Überlegte kurz, dann streckte sie langsam und betont vorsichtig die Hand aus. Sofort knurrte er. Dies hier war kein Kuscheltier, sondern ein gefährliches Raubtier, das musste sie sich erst mal wieder bewusst machen.

Sie trat einen Schritt zurück, sprach aber wieder auf ihn ein. »Ganz ruhig, mein Schöner, ich tu dir nichts, ich will dir helfen. Allerdings weiß ich gerade nicht wie. Wenn ich einen Tierarzt rufe, nehmen sie dich weg von hier und du darfst nie wieder zurückkommen.« Plötzlich fiel ihr Killian ein, der ja in einem *Wildlife-Reservat* arbeitete. Wenn ihr einer helfen konnte, dann er.

»Ich werde Killian anrufen, bestimmt weiß er Rat. Er wird dich nicht verraten, sondern kennt gewiss einen Tierarzt, der dich wieder gesund macht und danach in die Freiheit entlässt.« Der Tiger starrte sie an. Wissende, ihr wohlbekannte Augen fixierten sie und sie spürte, dass hier etwas Magisches vor sich ging. Urplötzlich zitterte er am ganzen Leib, während ein merkwürdiger orangefarbener Schimmer wie eine Aura um seinen Körper herum erschien. Das seltsame Zittern fuhr fort und für einige Sekunden konnte sie das Tier nicht mehr erkennen, nur noch einen hellen Lichtball, der sie blendete. Dann schien die Luft zu flackern und sie erkannte Killian, der mit einem Mal anstelle des Tigers nackt und blutend vor ihr auf dem Waldboden lag.

Anstatt sich lange zu wundern, war sie mit einem Satz bei ihm, stützte ihn, umarmte ihn und streichelte sein Gesicht. Laute Schluchzer bahnten sich den Weg aus ihrer Kehle und ihre Wangen fühlten sich nass an.

»Killian, o mein Gott, was ist passiert?«

Seine Lippen bewegten sich, doch sie hörte keine Worte, so schwach war er. Also lehnte sich zu ihm, ihr Ohr direkt an seinem Mund.

»Hol Peter«, wisperte er. »Keinen Arzt.« Wieder durchlief dieser seltsame Schauer in Wellen seinen Körper und der Lichtball erstrahlte. Erneut lag jetzt der Tiger vor ihr. Endlich, in diesem Moment erkannte sie die Wahrheit. Mochte es auch noch so verrückt und unwahrscheinlich sein: Killian war der Tiger. Der Tiger war Killian.

Prompt erstarrte Kate und rang entsetzt nach Luft. Der Schock durchfuhr ihren Körper und sie hatte Mühe, klar zu denken. In der Zwischenzeit wechselte *er* die Form erneut und vor ihr lag wieder Killian.

»Ruf Peter«, krächzte er mit letzter Kraft, dann sank er in sich zusammen. Die Tränen strömten ihr nun ungehindert übers Gesicht, während ihr Herz sich vor Schmerz krümmte. Es war egal, dass die beiden eins waren, denn sie liebte sie beide. Mann und Tiger.

Ihre Finger zitterten so stark, dass sie zwei Anläufe brauchte, um Peters Nummer im Telefonspeicher ihres Handys zu wählen. Es klingelte nur einmal, dann ging er ran.

»Was ist los Kate, wo bist du? Lindsay hat mich gerade heimgefahren, weil ich nach dir sehen wollte. Du wirktest so aufgewühlt, dass ich mir große Sorgen gemacht habe. Doch unterwegs kamen wir an einer Unfallstelle vorbei, die die Polizei gerade absicherte. Und jetzt bist du nicht daheim und auch von Killian fehlt jede Spur.«

Schluchzend unterbrach sie ihn.

»Wir sind beide hier im Wald, unweit der Lichtung. Killian ist schwer verletzt, Jäger haben ihn angeschossen. Du musst sofort kommen, er hat nach dir verlangt, aber jetzt ist er bewusstlos. Peter, ich weiß, das klingt verrückt, aber Killian ist der Tiger. Die beiden sind eine Person oder besser *ein Wesen*. Du musst kommen, hier ist alles voller Blut. Hilf ihm, Peter. Er will keinen Arzt, nur dich.«

»Bin sofort da. Leg nicht auf, damit ich euch schnell finde. Lindsay ist bereits weg, ich muss zu Fuß los, deshalb wird es einige Zeit dauern. Sprich mit ihm. Nimm einen Fetzen Stoff, irgendetwas, egal was, und drücke es ihm fest auf die Wunde, um die Blutung aufzuhalten. Und kontrolliere immer wieder seinen Puls am Hals. Kannst du das?«

Peter gab ihr weitere Anweisungen. Es half, etwas tun zu können, dadurch musste sie sich zu klarem Denken zwingen und konnte nicht in Verzweiflung versinken. Schwierig war nur, dass Killian in immer kürzeren Abständen die Form wechselte und während der Wandlungsvorgänge war er buchstäblich nicht greifbar. Keine Wunde, auf die sie drücken konnte, nur ein heller Lichtball. Dadurch verlor er immer mehr Blut. Es dauerte lange, viel zu lange, bis Peter endlich bei ihnen war. Währenddessen wurde Killian immer blasser und kam kein einziges Mal mehr zu sich.

Peter verlor kein Wort, als er ankam, sondern legte umgehend beide Hände auf Killians Körper. Prompt strömte gelbes Licht aus seinen Fingern und legte sich wie eine Schutzhülle um Killians Körper. Das Zittern und die Wandlungen stoppten augenblicklich. Peter hielt die Augen geschlossen und hatte die Stirn in Falten gelegt. Er schien sich sehr konzentrieren zu müssen.

Kate stand der Mund weit offen. Nicht nur, dass Killian und der Tiger eins waren, nein, nun schien auch noch ihr Vater magische Kräfte zu besitzen. Denn das Verrückte war, dass sich diese stark blutende Einschusswunde langsam schloss und der Blutstrom letztlich versiegte. Peter setzte weiterhin die »Behandlung« fort, bis Killian schließlich die Augen öffnete. Verwirrt blickte er vom einen zum anderen, dann lächelte er zaghaft.

»Danke«, wisperte er.

In diesem Augenblick lief ihr Herz über vor Liebe und Glück. Er war am Leben, er würde es schaffen und sicherlich wieder ganz gesund werden. Killian und der Tiger blieben bei ihr, sie würden sie nicht verlassen. Kate bedeckte sein Gesicht mit Küssen und konnte nicht mehr damit aufhören. Fast hätte sie ihn verloren, hätte beide verloren.

Als Killian sie ansah, lag eine solche Wärme in seinem Blick, dass sie endlich all die Liebe spüren konnte, die er für sie empfand. Und zum ersten Mal wurde ihr bewusst, wie tief ihre eigenen Gefühle für ihn gingen – bis mitten in ihr Herz hinein.

»Ich liebe dich«, gestand sie ihm endlich und küsste ihn sanft auf den Mund.

»Na endlich, ich dachte schon, du erkennst das nie«, meinte zu ihrer Überraschung Peter und grinste beide glücklich an. »Aber jetzt sollten wir erst mal zurück ins Haus gehen und Killian ins Bett legen. Er braucht nun viel Ruhe, um sich zu erholen. Ich übrigens auch. Diese Magie-Sache ist enorm anstrengend und zehrt an meinen Kräften. Nur eine Sache noch: Schön, dass ihr beiden endlich zueinander gefunden habt, ich freu mich für euch – von ganzem Herzen.«

Nur langsam drang die Bedeutung von Peters Worten in ihr Bewusstsein vor. Er hatte wirklich nichts gegen ihre Verbindung zu Killian? Erleichtert seufzte Kate auf, umarmte Peter kurz, aber herzlich, und murmelte: »Danke. Das bedeutet mir sehr viel.« Gemeinsam brachten sie Killian den langen Weg zum Haus zurück und Peter holte ihm frische Kleidung. Kate blieb die ganze Zeit über bei ihm und ließ ihn keine Sekunde aus den Augen, nicht einmal, als er duschte. Trotz der schrecklichen Vorkommnisse konnte sie nicht anders, als seinen wunderschönen, muskulösen Körper zu bewundern. Er bemerkte ihre Blicke und drehte für einen Moment das Wasser ab, dann meinte er: »Gerade bin ich noch zu schwach, aber das nächste Mal, das schwöre ich dir, duschen wir gemeinsam.«

»Ich kann es kaum erwarten«, seufzte sie. Der Bann

war gebrochen, all ihre Bedenken waren zwar noch da, wirkten aber unbedeutend und nichtssagend im Vergleich zu all der Liebe, die ihr Herz erfüllte.

Außerdem war sie schlichtweg heiß auf ihn. Ihr verräterischer Körper musste sich in Geduld üben bis Killian sich erholt hatte. Doch wie gerne wollte sie ihn endlich in sich spüren und all das mit ihm machen, was sie sich schon immer verbotenerweise erträumt hatte. Die Angst, ihn zu verlieren, diese schrecklichen Minuten im Wald, ließen sie nun, hinterher, mit überschäumender Erregung zurück.

Beide legten sich danach in ihr Bett. Killian machte sich über ihre geblümte Mädchen-Bettwäsche lustig, doch es ärgerte sie nicht im Geringsten. Vielmehr freute sie sich, dass er bereits wieder zu Scherzen aufgelegt war.

Während der kommenden 12 Stunden schlief er oft in ihren Armen, doch sie redeten auch viel. Endlich sprachen sie offen und ehrlich miteinander. Kate erkannte, dass sie nicht so überrascht über diese ganze Shapeshifter-Sache war, wie sie eigentlich hätte sein sollen.

»Ich glaube, tief in mir habe ich das schon immer geahnt, aber nie wahrhaben wollen. Der Tiger hatte deine Augen, deine Ausstrahlung«, gestand sie. Eigentlich verblüffte es sie mehr, dass Peter magische Kräfte hatte. Killian versuchte, es ihr zu erklären.

»Die Magie liegt in den Genen und wird von einer Generation zur nächsten weitervererbt. Allerdings zeigt sie sich unterschiedlich. Peter ist ein Heiler, schon immer gewesen. Ich jedoch bin seit meiner frühen Kindheit ein Formwandler. Theoretisch kann ich mich in jedes Tier verwandeln, doch das mache ich nicht. Mein Wesen entspricht dem des Tigers, er ist mein Seelentier. Mich in ihn zu verwandeln erscheint mir nicht nur richtig, sondern sogar notwendig. Wenn ich mal einen Tag nicht dazu komme, werde ich unglaublich nervös und bin eine Qual für meine Mitmenschen.«

»Ach, dann hast du dich wohl in deiner ganzen Kindheit nie verwandelt, oder?«, scherzte Kate.

»Hey, ich bin gerade angeschossen worden, du solltest etwas netter zu mir sein«, rügte Killian sie lachend.

Plötzlich wechselte sein Ausdruck und seine Miene wurde ernst. »Was genau hat deine Meinung geändert? Wieso wirkst du wie ausgewechselt? Obwohl du jetzt mein Geheimnis kennst.«

Sie überlegte lange und antwortete ihm leise: »Ich denke, es ist so, *weil* ich dein Geheimnis kenne. Endlich sehe ich das ganze Bild. Der Tiger war mir schon immer wichtig. Du warst mir jahrelang fremd, aber der Tiger war immer für mich da. Jedenfalls kam es mir so vor.«

Er gab ihr einen langen und zärtlichen Kuss. »Hast du eigentlich eine Ahnung, wie lange ich schon in dich verliebt bin? Für mich gab es nie eine andere Frau. All diese Affären waren nur ein verzweifelter Versuch, über dich hinweg zu kommen. Gelungen ist mir das nie.«

»Gott sei Dank nicht«, murmelte Kate und drückte ihn fest an sich. »Es tut mir leid, dass ich so lange

gebraucht habe, um endlich klar zu sehen. Ich liebe dich, Killian. Als ich kurz davor war, dich für immer zu verlieren, als du beinahe in meinen Armen gestorben bist, konnte ich mich nicht mehr selbst belügen. Plötzlich war alles andere egal. Es interessiert mich nicht mehr, was die anderen über uns denken. Wir sind keine Geschwister, damit hattest du recht – und Peter auch.«

»Gut, dass du das endlich auch so siehst. Ich hätte nämlich keinen Tag länger meine Finger von dir lassen können. Selbst in dieser albernen Verkleidung auf der Hochzeit warst du schöner als alle anderen Frauen dort. Du strahlst ein derartiges Feuer und eine Anmut aus, die alle Menschen neben dir verblassen lässt. Kate, du selbst bist die wahre Magie.«

Glücklich strahlend küsste sie ihn, kurz sprachlos aufgrund der Komplimente. Schließlich fand sie ihre Stimme wieder.

»Wie kann ich dir jetzt helfen? Was hilft dir, dich schneller zu erholen? Magst du etwas essen? Ein Sandwich vielleicht?«, fragte sie, um sich selbst von ihrer erneuten Erregung abzulenken. Ihre Brustwarzen scheuerten gegen das hässliche Kleid, das sie immer noch trug, sogar im Bett. Sie hatte einfach keinen Gedanken daran verschwendet, sich umzuziehen.

»Es gibt nur eine Sache, auf die ich jetzt Lust habe – und das ist meine Lebensretterin.« Sie lag auf dem Rücken und warf ihm einen leidenschaftlichen Blick zu.

»Wir sollten noch vorsichtig sein. Du musst dich

erholen«, protestierte sie anstandshalber, grinste aber über beide Backen dabei.

»Mit dir zu schlafen würde meine Genesung enorm beschleunigen, da bin ich mir sicher. Außerdem habe ich mich genug erholt. Jetzt bist du alles, was ich will.«

Er drehte sie herum und schob den Saum ihres Kleides hoch. Dann wanderte seine Hand zielsicher unter ihren purpurfarbenen Spitzenslip. Kate war überrascht, wie schnell sie unter seiner bloßen Berührung dahinschmolz. Natürlich würde er sofort bemerken, wie feucht sie schon war. Der Blick, mit dem er sie bedachte, sprach Bände.

Im nächsten Moment zog er seine Hand zurück und presste sich eng an sie. Ihr Atem stockte aufgrund des Etwas, das gerade unmissverständlich gegen ihren mittlerweile durchnässten Slip drückte. Er packte fest ihre Pobacken und stöhnte leise auf.

»Schon wieder so feucht. Nur für mich.«

Killian knabberte so lange an ihren Lippen, bis sie aufstöhnte und seiner Zunge Einlass gewährte. Kate wurde leicht schwindelig vor Erregung, als er ihren Mund erforschte. Seine Hände wanderten ihren Rücken hoch, immer weiter unter ihr Kleid, strichen über ihre weiche Haut und verursachten ihr einen Schauer nach dem anderen.

»Ich weiß ja nicht, wie es dir geht, aber ich hab genug von diesem Nonnenkleid gesehen. Es stört dich doch nicht, wenn ich meine Krallen mal kurz ausfahre, oder?« Erstaunt sah sie zu, wie sich an seiner rechten Hand

Tigerkrallen unter den Nägeln hervor schoben und er mit einem lauten »Ratsch« ihr Kleid zerriss. Mit der anderen, »normalen« Hand zog er es dann unter ihr weg und schleuderte das Teil in den letzten Winkel des Raumes.

»Viel besser«, schnurrte er katzenartig und grinste zufrieden bei ihrem Anblick. »Violette Spitzen-Dessous und nackte Haut, so gefällst du mir. Und wo wir schon dabei sind ...«, meinte er und löste mit seinen inzwischen wieder normalen Fingern ihre kunstvoll aufdrapierte Hochsteckfrisur.

»Es ist eine Schande, diese wundervollen roten Locken zu verstecken, Kitty Kat – meine kleine Wildkatze«.

Kate kicherte albern. »Die Katze unter uns bist ja eindeutig du, Tiger. *Touch me, Tiger.* Ich brauche dich jetzt, voll und ganz.«

Das ließ er sich nicht zweimal sagen. Seine schokobraunen Augen wirkten nun beinahe schwarz. Er blickte sie an und es war, als könnte er bis auf den Grund ihrer Seele schauen. Er verstand sie und sah sie als die Person, die sie wirklich war. Killian blickte durch ihre Fassade hindurch und sah sie – mit all ihren Stärken und Schwächen. Kate konnte nicht wegschauen, konnte ihren Blick nicht von diesen hypnotischen Augen lösen. Seine blonden Haare waren verwuschelt und das reinste Chaos, was ihm ein verwegenes Aussehen gab. Um ihn herum schien die Luft merkwürdigerweise leicht zu schimmern, zwar kaum merkbar, aber dennoch vorhanden.

»Du leuchtest«, murmelte sie erstaunt.

»Ja, ich spüre das Kribbeln«, lächelte er und verschlang sie weiterhin mit seinen Blicken. »Das ist so, weil ich endlich mit dir zusammen bin. Du bist meine Gefährtin, das wusste ich schon immer.

Wenn ein Tiger seine wahre Liebe, sein großes Glück gefunden hat, verstärken sich seine Kräfte. Manche von uns leuchten in intimen Momenten. Andere bekommen noch schärfere Sinne. Das hängt ganz von der Intensität der Gefühle ab.«

Wow, auf was hatte sie sich da nur eingelassen? Ohne es zu wissen, war sie in einer magischen Welt aufgewachsen. Damals hatte sie zwar immer nur am Rande gestanden, aber nun war sie mittendrin.

Irgendwie erregte sie dies nur noch mehr. Gierig erwiderte sie seine Küsse und schlang ihre Beine um seinen Körper. Völlig in Lust und Leidenschaft versunken, rollten sie über das Bett, verschlangen sich mit ihren Küssen und bohrten ihre Fingernägel in die Haut des anderen. Kates Nippel richteten sich noch weiter auf, rieben gegen den Stoff und stießen gegen seine Brust. Derart hungrig nach ihm wusste sie kaum noch, wohin mit ihrer Begierde.

Er spürte das natürlich, was seine Erregung noch mehr auf die Spitze trieb. Killian grub seinen Mund in die kleine Mulde ihrer Kehle, saugte daran, küsste und biss sanft in ihre babyweiche Haut. In einer winzigen Atempause riss sie ihm seine Kleidung vom Leib, wobei er ihr ungeduldig half, da er keine Sekunde länger warten konnte, um sie auf seiner nackten Haut zu spüren. Ihre Dessous waren als Nächstes dran. Dann stoppte sie nichts mehr.

Stöhnend bohrten sich ihre Fingernägel tiefer in seine Muskeln. Der lustvolle Schmerz versetzte ihn in Ekstase und er verlor sich selbst in ihrem wunderbar süßen Duft. Er erkannte, wie stark er inzwischen leuchtete, was ihn in Erstaunen versetzte. Sie bog sich ihm willig entgegen. Ihre Körper, heiß und verschwitzt, rieben sich aneinander und konnten nicht genug bekommen. Blitze schienen zwischen ihnen hin und her zu fliegen, elektrische Funken knisterten in ihren Augen.

Nun lag er auf dem Rücken und sie tauchte zwischen seinen Beinen ab. Kates Zunge kreiste um seine Eichel und sie genoss seinen Geschmack in ihrem Mund. Langsam leckte sie sein Glied von der Spitze bis zum Schaft und wieder zurück. Sie machte sogar einen kleinen Abstecher zu seinen Hoden, saugte sanft an seinen Eiern, was ihn erneut zum Stöhnen brachte. Dann kehrte sie wieder zu seiner Spitze zurück und begann erneut die Länge seines Schwanzes zu lecken. Ein Zittern durchfuhr seinen Körper und er knurrte auf.

Der Tiger und er waren nun beide eins, gleich geliebt und begehrt von einer wunderbaren Frau. Sie sah hoch und schenkte ihm ein engelsgleiches Lächeln. Sein Herz schmerzte vor Sehnsucht, Verlangen und Glück. Plötzlich nahm sie ihn tief in ihren Mund auf, bahnte sich an seinem Penis den Weg hoch und runter. Nach wenigen Malen musste er sich aus ihr zurückziehen, sonst wäre er prompt in ihrem Mund gekommen und hätte seine komplette Ladung in sie hineingeschossen. Und er wollte mehr als das, er wollte den anderen Eingang nehmen, tief in ihre feuchte Spalte hinein.

»Kate«, begann er.

Mit einem leisen »Scht« verstummte sie ihn und setzte sich auf ihn. Sie küsste ihn und schmeckte lieblich, süß wie Honig und heiß wie die glühende Sonne.

Auch sie verlor sich in seinem Geschmack. Roh und herb, ein männlich-animalischer Geschmack nach Abenteuer und Lagerfeuer. Irgendwie roch er immer danach, vielleicht war es das Tier in ihm, das diesen Duft verströmte, diesen Geschmack von ihm ausmachte. Er beugte sich vor und kümmerte sich leidenschaftlich um ihre Brüste. Leckte und saugte an ihren pinkfarbenen Nippeln. Sie bog den Rücken vor Lust durch, den Kopf weit nach hinten gestreckt, sodass ihr Haar wie ein tosender Wasserfall ihren Rücken hinabfiel. Das wilde Klopfen ihrer Herzen war unüberhörbar.

Kate hielt es keine Sekunde mehr länger aus. Sie nahm seinen Penis und führte ihn zu ihren Liebeslippen, zeigte ihm unmissverständlich ihr Begehren, ihren inzwischen feucht-einladenden Eingang. Augenblicklich erstarrte er vor Erregung. Dann bewegte er sich langsam, Millimeter für Millimeter in sie hinein, dabei kostete er alles aus, speicherte dieses Gefühl des ersten Eindringens für immer in sich.

Beide stöhnten im Gleichtakt, Schauer liefen über Kates Rücken. Sie bog sich komplett durch und drängte ihm ihr Becken immer weiter entgegen. Über ihrer rosigen Haut lag ein feuchter Film und ihre Wangen glühten purpurrot vor Hitze. Dies war ihr Mann, alles, was sie je wollte. Sie gehörten zueinander und nichts sollte sie von nun an mehr trennen können.

Er stützte ihr Becken, hielt sie fest und drang tief in sie ein. Nun nicht mehr sanft und langsam, sondern fest und hart. Mit jedem Vor und Zurück kamen sie der Klippe näher. Sein Schwanz war inzwischen so hart, dass er befürchtete, er könnte vor Lust explodieren .

Kate biss sich fest auf die Lippen, um nicht vor Glück laut aufzuschreien. Dieses Gefühl des Eins-Seins, wenn er in ihr war, wie eine komplette Verschmelzung ihrer Körper, raubte ihr den Verstand. Sie wollte, dass es nie aufhörte, dass sie beide für immer in diesem Moment verharren konnten. Schneller, immer schneller klatschte es zwischen ihren Beinen, beide stöhnten laut auf und sahen sich dabei innig in die Augen. Kates Gesicht war weich vor Ekstase, ihre Brüste heiß und geschwollen, ihre Nippel standen fest. Er nahm in jede Hand eine Brust, knetete und liebkoste sie und trieb Kate damit in andere Sphären.

Sie keuchte, gab sich ihm und ihrer Leidenschaft völlig hin. Ihm vertraute sie, ihn begehrte sie und vor allem: Ihn liebte sie. Und sie liebte es, ihn in sich zu spüren. Sie merkte gar nicht, dass sie immer lauter stöhnte und immer mehr in sich selbst versank vor Lust. Als er ihre Klit berührte, reichte schon diese winzige eine Berührung aus, um sie zum Gipfel zu schicken.

Ihr Körper versteifte sich und krampfte, als Wellen der Lust durch sie hindurchschossen. Sie klammerte sich fest an Killian und bohrte ihre Finger in seine starken Oberarme, Halt suchend, schreiend.

Es war ihm unmöglich, sich jetzt noch zurückzuhalten. Er hielt sie fest und drehte sich mit ihr herum. Nun lag er oben und hatte genau die Bewegungsfreiheit, die er brauchte. Fest und hart stieß er zu, tief und schnell, immer wieder in sie hinein. All seine Liebe stieß er in sie hinein, die angestaute Sehnsucht, das jahrelange Begehren, er ließ alles heraus. Ohne Zurückhaltung, ohne Vorsicht. Dann explodierte er in ihr, schrie all seine Begierde heraus und schoss seinen Saft in sie hinein, alles, was er in sich hatte, während seine Aura um ihn herum leuchtete und strahlte wie ein Feuerwerk.

Als es vorbei war, als auch der letzte Tropfen in ihr war, brach er über ihr zusammen, keuchend.

»Bleib in mir«, flüsterte sie. »Geh nicht raus, noch nicht.«

Er küsste sie mit letzter Kraft sanft auf die Stirn, dann schloss er kurz die Augen und versuchte sich wieder zu sammeln. Seine Finger strichen über ihre Schläfe, sein Blick nun wieder ganz auf sie gerichtet, liebkoste sie. Kate fühlte sich geliebt und angekommen.

Wortlos sahen sie sich an. Beide glücklich bis zum Bersten, erfüllt und befriedigt bis in jede einzelne Zelle ihres Leibes und bis in die Tiefen ihrer Seele hinein.

Zu Hause.

Angekommen.

Geliebt.

7

ZUKUNFT

Bis spät am Nachmittag konnten sie sich nicht voneinander lösen, berührten sich unaufhörlich und liebten sich bis ans Ende ihrer Kräfte.

Das Licht schien inzwischen hell in Kates Zimmer hinein und ihre Gehirnfunktionen schienen sich wohl zu normalisieren, denn langsam kehrten die Fragen zurück.

»Wie soll das weiter gehen, Killian?«

Er schenkte ihr ein Lächeln, dieses Lächeln, das die Schmetterlinge in ihr tanzen ließ. Das Lächeln, das sie erfüllte mit ihrer Liebe für ihn und seiner Liebe für sie.

»Es geht so weiter, wie wir es wollen, Kitty-Kat. Ab jetzt haben wir es in der Hand, was aus uns wird. Ich liebe dich schon mein Leben lang und will das hier nicht vermasseln. Das Universum hat uns diese Chance geschenkt und wir sollten achtsam damit umgehen. Und wir müssen nichts überstürzen, sondern alles in Ruhe angehen. Du hast dein Leben in New York und ich hier. Aber wir finden einen Weg, das ist sicher.«

»Eigentlich«, murmelte sie, während sie ihre Finger in seinen Haaren vergrub, »habe ich kein Leben in New York, sondern nur eine Karriere. All die Jahre über habe ich euch nur verdrängt, vor allem dich. Es hat einigermaßen funktioniert, *ich* habe funktioniert, mehr aber auch nicht. Ich war fern von glücklich, sondern einsam und verloren. Ehrlich gesagt verstehe ich nicht, wie ich all die Jahre meine Heimat einfach verdrängen konnte. Nicht einmal an den Tiger vor meinem Fenster habe ich gedacht. Seltsam. Es war, als ob ein Schleier sich über meine Erinnerung gelegt hatte. Das ging jahrelang so, bis ich den Anruf meiner Mum wegen der Hochzeit bekam, dann kam alles langsam, Stück für Stück, wieder zurück. Vielleicht bin ich ja verrückt.«

Geschockt löste sich Killian von ihr, sein Gesicht weiß wie eine Wand.

»Nein, das bist du nicht und das darfst du niemals denken. Es hat alles einen Grund. Zieh dich an, es ist Zeit, dass du alles erfährst. Wir müssen mit Peter reden.«

Zu verwirrt, um zu zögern, schlüpfte sie in bequeme Kleidung und band ihre Haare zu einem lockeren Pferdeschwanz.

Dann folgte sie Killian wortlos in die Küche.

»Peter ist dort. Er hat schon mit dem Frühstück auf uns gewartet, aber dann hat er, äh, eindeutige Geräusche aus unserem Zimmer gehört, hat ›endlich‹ vor sich hingemurmelt, und ist zu einem langen Spaziergang aufgebrochen. Seit einer Stunde ist er wieder zurück«, erklärte ihr Killian unterwegs.

»Woher weißt du das?«, brach es erstaunt aus ihr heraus.

Killian zögerte kurz und meinte dann:

»Ich hab es gehört, ich hab alles gehört. Die Kaffeemaschine, seine Schritte, sein Gemurmel und sogar, wie er sich draußen langsam vom Haus entfernt hat.« Er lächelte sie an. »So intensiv wie unsere Gefühle für einander sind, so stark sind nun meine Fähigkeiten geworden.«

»Das kann ja noch lustig werden«, murmelte Kate und war sich nicht sicher, ob sie seine neuen Fähigkeiten gutheißen sollte. Von jetzt an blieb wohl nichts mehr vor ihm verborgen. Keine Handlung, kein Gespräch. Na toll. Unwillkürlich musste sie grinsen. Nun ja, dann würde sie halt kreativ werden, um ihre Privatsphäre weiterhin wahren zu können.

Grinsend begrüßte Peter die beiden eng umschlungenen Turteltäubchen.

»Guten Morgen ihr beiden. Oder besser: guten Mittag. Wie es euch geht, brauche ich ja nicht zu fragen, euer Strahlen macht jedes Licht überflüssig.«

Beide lächelten leicht verlegen, doch Peter drückte seine Lieblingsmenschen eng an sich und stöhnte erleichtert auf. »Mein Gott, was bin ich froh, dass ihr endlich zueinandergefunden habt. Anscheinend passt es gut bei euch, das war ja heute Nacht unüberhörbar«, gluckste er.

Kate schoss die Röte in die Wangen und Killian begann sofort abzulenken.

»Dad, es ist an der Zeit, ihr alles zu erzählen. Das, was wir damals mit ihr gemacht haben, meine ich.«

Peter wurde ernst und bedeutete Kate, sich zu setzen. Dann nahm er ihre Hand.

»Schatz, du musst mir glauben, dass ich inzwischen bereue, was ich getan habe. Damals dachte ich, es wäre nur zu deinem Besten.«

Erstaunt blickte sie ihn an. Wovon sprach er nur? Sie schluckte, eine dunkle Vorahnung überkam sie.

»Killian hat mir damals erzählt, dass er dich geküsst hat und dass du dich hinterher wie eine Auster in deine Schale zurückzogst. Wir dachten, dass du nicht dasselbe für ihn fühlst wie er für dich und dass es dir unangenehm war. Ich habe befürchtet, es könnte von da an noch schwieriger zwischen euch werden. Killian war extrem verzweifelt und hat es sehr bereut, dass er dich derart überfallen hat. Deshalb habe ich ... also, wie du ja seit gestern weißt, habe auch ich, wie mein Sohn und einige unserer Vorfahren, besondere magische Fähigkeiten. Bei mir sind es, nun, sagen wir mal: geistige Kräfte. Ich kann heilen, wie ich es gestern bei Killian getan habe. Aber da ist noch mehr, was du wissen solltest.

Unter größter Kraftanstrengung kann ich auch einen leichten Vergessenszauber über Menschen legen. Etwas, das ich damals bei dir getan habe. Es sollte dir helfen, einen Neuanfang zu wagen und wieder optimistisch in die Zukunft zu schauen. Du warst schon immer ein trauriges Kind und ich wollte nicht, dass die Sache mit Killian dir vollends das Genick bricht. Deshalb habe ich dir den Schleier des Vergessens geschenkt. Es sollte allerdings nur den Kuss mit Killian betreffen, nicht gleich deine ganze Heimat und alles, was damit zusammenhängt. Offensichtlich ging der Zauber schief und du hast uns beide und dein Zuhause völlig verdrängt. Es tut mir sehr leid und du musst mir glauben, dass Killian und ich dich schrecklich vermisst haben. Aber ich bin nicht auf den Gedanken gekommen, dass es mit dem Zauber zusammenhängt, vielleicht hatte ich auch Angst, das auch nur in Erwägung zu ziehen. Ich habe immer geglaubt, dass du nur sehr im Karrierestress bist und bald zu uns zurückkommst. Doch das war nie der Fall. Bis Christie dich quasi genötigt hat, zu ihrer Hochzeit zu kommen. Damit ist der Zauber wohl nach und nach von dir abgefallen und du konntest dich wieder an Dinge erinnern, wie Killian mir erzählt hat. Es tut mir so leid, Kate, ich wollte dir nur helfen, dich jedoch niemals von uns wegtreiben. Es ist alles meine Schuld.«

Peter verbarg das Gesicht in seinen Händen und seine Schultern bebten leicht. Killian trat zu ihm und legte ihm eine Hand beruhigend auf den Arm.

»Es war nicht nur dein Fehler. Wenn ich dich nicht angefleht hätte, es zu tun, dann hättest du niemals deine Kräfte bei ihr eingesetzt.«

Kate wurde eiskalt und die Erkenntnis kroch in ihr hoch. All diese verlorenen, einsamen Jahre, wegen eines Zaubers ihres eigenen Dads?

»Ich, ... ich muss das erst mal sacken lassen«, begann sie. Sie wollte ihrem Dad nicht böse sein, dennoch kam Ärger in ihr auf. »Wieso habt ihr mir nie von euren Kräften erzählt? Wenn ihr mich doch angeblich liebt, weshalb habt ihr mich dann ausgeschlossen und mich im Dunkeln gelassen – all die Jahre über? Das will und kann ich nicht verstehen.« Die ersten Tränen rollten über ihre Wange, als ihr bewusst wurde, was sie da soeben gehört hatte. Sofort dachte sie daran, abzuhauen. Den Flug nach New York hatte sie verpasst, aber sie könnte immer noch den nächsten buchen. Sie war schon im Begriff aufzustehen, als sie innehielt. Nein, dieses Mal nicht, nicht schon wieder. Sie war jetzt kein Kind mehr, das vor allem davonlief und sich vor der Welt in ihrem Zimmer versteckte. Sie war eine erwachsene Frau.

»Hört mal, ich brauche jetzt erst mal einen klaren Kopf, deshalb werde ich mit Calla ausreiten, alleine. Aber danach reden wir weiter, ok?«

Beide sahen sie ängstlich an.

»Willst du wirklich nur ausreiten? Du kommst doch wieder zurück, oder?«, fragte Killian sie besorgt.

In diesem Moment, als sie in sein liebevolles, verängstigtes Gesicht blickte, wusste sie es: Die beiden hatten einen Fehler begangen, aber sie konnte ihnen verzeihen. Weil sie alles für sie bedeuteten, weil sie ihre Welt waren und sie keinen von ihnen wieder verlieren wollte. Weder ihren Dad noch den Mann, den sie liebte und mit dem sie leben wollte. Denn dies wünschte sie sich, wie ihr soeben nun bewusst wurde.

Also lächelte sie und meinte: »Ich bin bald wieder zurück, keine Sorge.«

Eine Stunde später tauchte sie verschwitzt nach einem langen, erlösenden Galopp mit Calla wieder auf. Glücklich und zufrieden.

»Setzt euch«, befahl sie den Männern.

»Erstens werdet ihr nie wieder etwas derart Wichtiges vor mir verheimlichen«, mahnte sie mit erhobenem Zeigefinger. »Zweitens wird Peter keine Magie mehr an mir anwenden, ohne mich vorher zu fragen«, zählte sie auf. »Und drittens bekomme ich für die erste Zeit hier den alten Pick-up, denn ich brauche einen eigenen Wagen. Oh, und natürlich räumst du, Killian, mir einen Schrank für meine Sachen frei. Und ich darf mich einrichtungstechnisch in deinem Haus frei austoben. Keine schwarzen Ledersofas mehr, ab jetzt kommt frischer Wind rein. Wenn ich schon dort mit dir lebe, will ich auch meinen Stil einbringen.«

Beide starrten sie ungläubig an.

»Du willst bei mir einziehen? Echt jetzt?« Killian konnte sein Glück kaum fassen. Mit einem Satz war er bei ihr, hob sie hoch, als wäre sie leicht wie eine Feder, und wirbelte sie ausgelassen herum. Fröhlich lachend bedeckte er ihr Gesicht mit tausenden von Küssen. Plötzlich hielt er inne.

»Aber dein Job, deine Karriere, was ist damit? Willst du alles cinfach so aufgeben?«

»Ich gebe nichts auf, ich hole mir mein Leben zurück. Die letzten Jahre habe ich nur gearbeitet und nicht gelebt. Jetzt will ich alles. Die Heimat, die ich liebe, meinen Dad und vor allem den Traummann, dich. Und glaubt mir, ich finde einen Weg, die Arbeit auch hier auszuüben. In ein paar Tagen fliege ich zurück und kümmere mich um die Kündigung und die Auflösung der Wohnung. Ach, und Sarah muss ich unbedingt treffen. Sie ist meine beste Freundin und ich hab ihr viel zu erzählen. Apropos Job«, wandte sie sich an Killian. »Wir fahren jetzt sofort zum *Wildlife-Reservat* und du zeigst mir, was du da tust. Ab jetzt keine Geheimnisse mehr, verstanden?«

»Das schwöre ich dir«, meinte er ernst und umfasste ihr Gesicht mit beiden Händen. Dann schenkte er ihr einen langen, leidenschaftlichen Kuss, in den er all seine Liebe für sie und all seine Hoffnung für die gemeinsame Zukunft legte.

»Wird Zeit, dass du erst mal mit in mein Haus kommst, da warst du schon lange nicht mehr«, grinste er. Kate folgte ihm grinsend, denn ihr war klar, dass sie es nicht weiter als bis zum Schlafzimmer schaffen würden. Genau genommen aber kamen sie nur bis zur Wohnzimmer-Couch, wo sie die nächsten Stunden das fortsetzten, was sie in der Nacht begonnen hatten.

Als sie sich später keuchend voneinander lösten, um endlich zum Reservat zu fahren, bedachte er sie mit einem verschlagenen Grinsen.

»Mach dich auf was gefasst, Kitty-Kat. Das ist kein normaler Safari-Park und wir haben dort keine gewöhnlichen Tiere – aber das wirst du gleich mit eigenen Augen sehen.«

Und das tat sie.

Gemeinsam schritten sie einer ungewissen, aber vielversprechenden Zukunft entgegen. Zusammen konnten sie alles erreichen, darüber waren sich beide einig.

EPILOG

FÜNF MONATE SPÄTER

»Willst du das wirklich durchziehen? Jetzt können wir noch zurück. Hinterher wird alles anders, das muss dir klar sein, Kate. », raunte Killian ihr zu, als sie vor der neu eröffneten Klub-Anlage des Golfplatzes standen.

»Nein, ich will jetzt keinen Rückzieher machen, auf gar keinen Fall. Wir ziehen es genauso durch, wie wir es besprochen haben. Meine sogenannte Mutter hat einen Denkzettel verdient, nachdem sie sich überhaupt nicht mehr bei mir gemeldet hat. Und das alles nur, weil sie weiß, dass wir zusammen sind.« Aufgewühlt lief sie auf und ab und strich sich einige Haarsträhnen hinter die Ohren.

»Stell dir vor, zu Peter meinte sie, dass ich eine

Schande für die Familie sei. Ganz ehrlich, ich habe ihr Society-Gehabe wirklich satt. Ständig präsentiert sie sich, als wäre sie ein Hollywood-Superstar. Sogar einen Instagram-Account hat sie jetzt eröffnet und postet täglich Fotos von sich am Pool, beim Shopping oder – wie neulich – sogar beim Beauty Doc. Sie hat sich tatsächlich ihre Lippen aufspritzen und ihre Brüste vergrößern lassen. So langsam sieht sie aus wie eine alternde Barbiepuppe. Aber gut, das mag ja alles ihre Sache sein. Nur, dass sie so tut, als würde sie mich nicht kennen, setzt der ganzen Sache echt die Krone auf. Sogar im Supermarkt ignoriert sie mich, das ist echt so was von fies.« Ernst blickte sie Killian an und legte ihre Hand auf seine Wange. Ihre Finger strichen zärtlich über seine Haut und liebevoll gab sie ihm einen Kuss auf die Nasenspitze.

»Killian, ich liebe dich und will dies nicht länger verstecken, nur weil es Christie und ihren Society-Ladys nicht passt. Die Zeiten, in denen ich für etwas Liebe und Aufmerksamkeit meiner Mutter alles getan hätte, sind vorbei.«

Behutsam umschloss er sie mit beiden Armen und hielt sie fest und sicher. Er war für sie da und stand hinter ihren Entscheidungen, das sollte sie wissen.

»Ich verstehe dich voll und ganz und bin enorm stolz auf dich. Du lässt dir von ihr nichts mehr gefallen und das ist gut so. Und wer weiß, vielleicht kommt SIE in absehbarer Zeit auch mal auf dich zu und verhält sich wie eine richtige Mutter. Momentan scheint sie vergessen zu haben, wie das geht.«

Kate verzog das Gesicht. »Seien wir doch mal ehrlich. Sie hat es nicht bloß vergessen, sie war nie die Mutter für mich, die ich so dringend gebraucht hätte. Sie war zwar in der Nähe, aber nie wirklich bei mir. Sie war nicht für mich da. Aber zum Glück hatte ich ja Peter und dich.« Sie beugte sich vor und flüsterte ihm ins Ohr: »Und natürlich meinen Freund, den Tiger. Ich finde es jedes Mal wieder unglaublich heiß, wenn du dich vor meinen Augen in ihn verwandelst. Er ist so wunderschön, nein, DU bist wunderschön, Killian.«

Verlegen blickte er zur Seite. »Jetzt mach mal ′nen Punkt, Kate, das sagt genau die Richtige. Du bist diejenige von uns beiden, deren Leuchten alles andere in den Schatten stellt.«

»Na ja, fürs Leuchten bist ja eher du zuständig. Zumindest im Bett, so wie vorhin zum Beispiel«, grinste Kate schelmisch.

»Bereit?« Sie öffnete die Tür und hielt sie für Killian auf. »Ich komme dann in wenigen Minuten nach, wie abgemacht, ja? Du schaffst das. Deinem Charme kann sie nie widerstehen, glaub mir.«

Er atmete noch mal tief ein, gab Kate einen letzten Kuss und verschwand dann durch die Tür ins Innere des Klubs, wo heute Abend eine Golfgala stattfand. Sogar die lokale Presse wollte da sein, umso besser.

Er sah Christie sofort. Sie stand inmitten ihrer

üblichen Damen-Gefolgschaft und trug ein hautenges, goldfarbenes Kleid. Die mittlerweile platinblond gefärbten Haare waren zu einem kunstvollen Dutt aufgedreht. Und sie war über und über mit Schmuck behängt.

»Fehlen nur noch Lametta und die Weihnachtslichter, dann kann sie glatt als Christbaum durchgehen.« Killian schmunzelte.

Er straffte die Schultern und schritt zielsicher auf Christie zu. Als ihr Blick den seinen traf, zog sie empört die Augenbrauen hoch. Sie war eindeutig verstimmt, ihn zu sehen. Jetzt kam es darauf an.

Er schenkte ihr sein strahlendstes Lächeln und hoffte auf seine übernatürliche Ausstrahlung, die seit Neustem immer stärker wurde. Seitdem er mit Kate zusammen war.

»*Kate, dies tue ich nur für dich*«, dachte er und begrüßte Christie mit kleinen Küsschen rechts und links auf die Wange.

Sofort verwandelte sich ihre anfänglich spürbare Abwehr in Begeisterung, ihn zu sehen.

»Killian«, piepste sie mit dieser künstlich hohen Stimme, die sie seit einiger Zeit an den Tag legte. »Es ist fantastisch, dich zu treffen. Lass dich mal ansehen. Meine Güte, du siehst von Tag zu Tag umwerfender aus. Die Frauen müssen Schlange stehen bei dir.« Sie lächelte ihn seltsam affektiert an, mit einem lächerlich übertriebenen Augenaufschlag. O Gott, was machte sie da? Flirtete sie etwa mit ihm? Himmel, das wurde ja immer besser.

»Hallo Christie«, meinte er und versuchte dabei, freundlich zu klingen, obwohl er innerlich mit den Zähnen fletschte. »Wo hast du denn Mike gelassen? Ist er heute Abend nicht an deiner Seite?«

Kates Mum kräuselte ihre Nase unter der dicken Schicht Make-up und machte eine wegwerfende Handbewegung.

»Ach nein, er versinkt geradezu in Arbeit, weißt du. Er wäre natürlich sehr gerne heute Abend mit mir hergekommen, aber die Arbeit geht vor.«

An einem spielfreien Samstagabend? Das glaubte sie ja wohl selbst nicht. Vermutlich vergnügte er sich wieder mal mit einer seiner zahlreichen Affären. Darüber wussten inzwischen alle Bescheid, Mike machte keinen Hehl daraus. Schon wenige Wochen nach der Hochzeit wurde er küssend und fummelnd in einem Restaurant in der Stadt gesehen. Und die Frau an seiner Seite war nicht Christie. Alle wussten davon, sicherlich auch Christie, doch das würde sie niemals zugeben. Vielmehr tat sie weiterhin so, als wäre alles in Ordnung. Killian fand es daher noch schlimmer, dass sie sich derart über seine Beziehung zu Kate aufregte. Ihr Mann zeigte sich in der Öffentlichkeit mit anderen Frauen, aber sie redete nur davon, wie anstößig Kates und seine Beziehung war. Unfassbar, sie sollte besser unter ihrem eigenen Teppich kehren.

Einige Minuten lang plauderte er oberflächlich mit ihr. Sie hing geradezu an seinen Lippen und präsentierte ihn allen ihren Freundinnen wie ein Schmuckstück. Die größte Unverschämtheit aber war, dass sie ihn schließlich zu einem Date mit der Tochter ihrer besten Freundin überreden wollte. Glücklicherweise sah er genau in diesem Augenblick zum Eingang und erblickte Kate, die lächelnd auf ihn zulief, genau wie sie es zuvor vereinbart hatten. Er atmete tief durch. Gut, nun begann also Stufe zwei, sie würden die Bombe platzen lassen.

»Sweetheart, da bist du ja«, begrüßte er sie überschwänglich, nahm sie in seine Arme und wirbelte sie herum. Christie und ihre Gefolgschaft wurden augenblicklich leichenblass und blickten entsetzt zu Kate und ihm.

Seine Freude war dabei kein bisschen gespielt. Nach all den Monaten schlug sein Herz immer noch Salto, wann immer Kate in seiner Nähe war. Er liebte es, mit ihr zusammen zu sein. Nur dann fühlte er sich komplett und bekam dieses wahnsinnig tolle Gefühl, dass alles gut war und das Glück auf ihrer Seite stand. Und – Herr im Himmel – sie war so unglaublich heiß, seine sexy Raubkatze.

Ihre Begrüßung blieb von keinem im Raum unbemerkt. Alle wussten von der Beziehung, die einige besonders verbohrte Menschen als skandalös bezeichneten. Die Gerüchteküche brodelte und sie bekamen böse Blicke ab, wann immer sie in der Öffentlichkeit als Paar auftauchten. Deshalb hatten sie sich in den letzten Wochen eher zurückgezogen und waren nur selten ausgegangen. Doch damit sollte nun Schluss sein.

Killian nahm ein Glas und schlug mit einem Dessertlöffel vorsichtig, aber stark genug dagegen, dass es gut zu hören war. Sämtliche Augen waren nun auf ihn gerichtet.

SELBSTBEWUSST und beeindruckend sah er aus, fand Kate. Ihr Herz quoll über vor Liebe, als er weitersprach.

»Ich freue mich, so viele von euch hier versammelt zu sehen, und möchte die Gelegenheit nutzen, ein paar Worte an euch zu richten. In den letzten Monaten wurde viel gemunkelt, daher ist es jetzt Zeit für klare Aussagen.

Ja, es stimmt. Wie ihr sicherlich alle bemerkt habt, sind Kate und ich ein Paar. Wir lieben uns und wünschen uns eine gemeinsame, glückliche Zukunft hier in diesem Ort, den wir beide so sehr mögen.

Mein Wildlife-Reservat und das Merchandising bietet den Bewohnern des Ortes unzählige Arbeitsplätze. Nur ungern möchte ich mit Kate wegziehen und das Reservat wo anders neu starten. Angebote dafür gibt es genug, jedoch fühle ich mich diesem Ort sehr verbunden und trage gerne die Verantwortung für alle meine Mitarbeiter aus eurer Gemeinde.

Kate und ich sind, wie ihr wisst, in einem gemeinsamen Haushalt aufgewachsen. Dennoch waren wir einander fremd und hatten kaum Berührungspunkte. Wir sind nicht verwandt, weder blutsverwandt noch per Gesetz. Unsere Eltern sind längst geschieden, wir tragen schon immer andere Familiennamen und die von uns allen geschätzte Christie hat ja nun endlich ihre große Liebe Mike gefunden und zum zweiten Mal geheiratet.« Ein Raunen und einige amüsierte Huster drangen aus der Menge zu ihnen und Kate biss sich auf die Lippen, um nicht laut loszulachen. Doch dann tat Killian etwas, das ihr Lachen sofort verstummen ließ vor Überraschung.

Er ging vor ihr auf die Knie, hier vor allen Leuten. Sie wusste, was jetzt kam, hatte so etwas schon hunderte Male in Liebesromanen gelesen. Doch nie hatte dabei ihr Herz derart stark in ihrer Brust geklopft, nie waren ihre Hände feucht geworden und niemals, nie zuvor in ihrem Leben, war sie so glücklich gewesen.

»Kate, ich liebe alles an dir, selbst die Dinge, die mich früher so genervt haben. Ich liebe deine Aufmüpfigkeit und deinen Trotz, denn er zeigt mir, dass du eine starke Frau bist. Du gehst deinen eigenen Weg und ich wäre der glücklichste Mann auf Erden, wenn wir beide den von nun an gemeinsam gehen könnten. Du wirst es nicht immer leicht mit mir haben, doch wenn jemand mit mir umgehen kann, dann bist das du – und zwar nur du. Wenn du lächelst, fühle ich mich zuhause und wenn du mich küsst, erscheint mein ganzes Leben endlich Sinn zu ergeben. Noch nie hat sich eine Frau über eine so lange Zeit so wenig von meinem Charme beeindrucken lassen wie du. Noch nie hat mich jemand so lange von sich weggestoßen, wie du es getan hast. Jahrelang. Dennoch sage ich nun aus Überzeugung: Jede Millisekunde war es wert, auf dich zu warten.«

Killian zog eine kleine Schmuckschatulle aus seiner Tasche und öffnete den Deckel für sie. Dabei lächelte er sie so sonnig an, dass sie überquoll vor Liebe zu ihm. Sie nahm den Ring vorsichtig mit ihren Fingern aus der edlen Schatulle heraus. Das blanke Metall fühlte sich kalt an. Ihre Handflächen feucht, ihr Herz hämmernd, flog ihr Blick ständig von Killian zum Ring und wieder zurück. Sie konnte sich nicht entscheiden, was sie gerade mehr beeindruckte: der Ring oder Killian. Selbstsicher kniete er vor ihr, mit einem frechen Blitzen in den Augen und voller Liebe für sie. Der Ring war golden, mit einem zierlichen Band und einem kleinen, aber enorm funkelnden Stein in der Mitte. Ohne Zweifel war dies das wertvollste Schmuckstück, das sie je in den Händen gehalten hatte. Killian flüsterte, nur für sie hörbar: »Da ist etwas auf der Innenseite eingraviert.« Sie hielt den Ring nun so, dass sie die Gravur sehen konnte: Es war eine eingravierte Tigertatze neben einer Weltkugel bzw. einem winzigkleinen, aber gut zu erkennenden Globus. Fragend sah sie ihn an. Die Bedeutung der Pfote war ihr klar, doch die Weltkugel?

»Die Pfote steht für mich, ich bin das Raubtier, das keiner zähmen konnte, außer dir. Und der Globus, der verkörpert dich. Denn du bist meine Welt, Kate, du bist alles, was ich mir je gewünscht habe – und so viel mehr. Daher frage ich dich nun, bevor du mir wieder davonlaufen kannst: Willst du die Welt für mich sein, wenn ich schwöre, alles zu tun, um dich glücklich zu machen? Willst du dein Leben mit mir teilen, für immer und ewig? Willst du meine Frau werden, Kate Matthews?«

Kate hatte Mühe die Worte zu formen, deren sie sich doch so sicher war. Leise sprach sie:

»Natürlich will ich dich heiraten, Tiger.« Und dann, laut und für alle gut hörbar: »Ich wünsche mir nichts mehr, als deine Frau zu werden, Killian Carter.«

Sofort sprang er auf, umarmte sie stürmisch und wirbelte sie im Kreis herum. Die Leute klatschten, pfiffen und johlten vor Begeisterung. Alle, bis auf eine Person, die sich gerade mal zu einem höflichen Klatschen mit starrer Miene überwinden konnte. Kate registrierte den Unmut ihrer Mutter, doch er störte sie nicht. Jetzt nicht mehr. Alles was zählte, war das Glück mit Killian. Jeder, der ihnen das nicht gönnte, tat ihr leid. Weil er niemals selbst die wahre Liebe erlebt hatte und sie nicht verstehen konnte.

»Du bist verrückt, mir einen Antrag hier und vor all diesen Leuten zu machen«, wisperte sie Killian ins Ohr. »Stimmt, ich bin verrückt. Verrückt nach dir.«

»Dir ist schon klar, dass du mich jetzt nicht mehr los wirst, Killian Carter?«, rief sie lachend.

»Und dir ist hoffentlich klar, auf was du dich mit mir einlässt. Ich meine, du bekommst ja nicht nur denjenigen, der vor dir steht«, meinte er und sie wusste sofort, auf was er anspielte.

»Na, hör mal, ich bekomme zwei zum Preis von einem. Besser geht´s ja nicht. Welche Frau hat schon das Glück, das Raubtier und den Mann an ihrer Seite zu haben?« Sie lächelte nicht, sondern trat etwas zurück und blickte ihn ernst an. Es war ihr wichtig, dass er nicht die leisesten Zweifel an ihren Worten hegte.

»Ich liebe dich, mit allem, was dich ausmacht. Ich liebe den Tiger und den Mann.«

Den letzten Satz wisperte sie ihm ins Ohr, sodass nur er ihre Worte vernehmen konnte. Sie waren nur für ihn bestimmt.

»JETZT KÜSST EUCH ENDLICH, verflucht noch mal!«, rief plötzlich eine wohlbekannte Stimme aus der Menge und Killian erkannte seinen Dad, den er selbst beschworen hatte, heute Abend hier zu sein. Peter war natürlich eingeweiht, ohne seinen Vater wäre es nicht dasselbe gewesen. Er gehörte zu ihrem Glück dazu.

»Eine prima Idee, Dad, nichts anderes hatte ich gerade vor«, rief er laut und deutlich. Dann umgriff er Kates Gesicht mit beiden Händen, näherte sich ihr langsam und küsste sie mit all seiner Hingabe und Liebe. Sie legte den Kopf etwas zur Seite und vertiefte den Kuss. Seine wundervolle Kate, seine Traumfrau, seine Verlobte.

Er hätte sie ewig so küssen können, doch nach einiger Zeit löste Kate sich lächelnd von ihm. »Ich fürchte, die Leute werden es nicht mehr so lustig finden, wenn wir uns hier an Ort und Stelle lieben. Denn sehr viel länger werde ich es nicht aushalten, dich einfach nur zu küssen. Ich will mit dir alleine sein, Killian. Also beende deine Rede und lass uns schleunigst hier verschwinden.«

Peter war inzwischen zu ihnen gestoßen, umarmte nun beide herzlich und wischte sich verstohlen ein paar Tränen aus den Augenwinkeln.

»Endlich ist das zusammen, was zusammengehört«, sprach er mit rauer Stimme. Das müssen wir unbedingt noch Feiern. Wisst ihr was, wenn sich hier alles etwas beruhigt hat, schmeiße ich für den ganzen Ort eine große Scheunenparty. Die Leute sollen tanzen, feiern und sehen, wie glücklich ihr beide zusammen seid.«

Kate blickte in die Menge und sah auch einige deutliche irritierte Gesichtsausdrücke. »Hm, ich denke, wir sollten damit noch ein paar Monate warten, bis sich alle etwas an die neue Situation gewöhnt haben.«

»Was mich daran erinnert, dass ich endlich meine Rede zu Ende bringen muss«, meinte Killian, löste sich kurz von Kate und klatschte laut in die Hände. Nur um sie danach gleich wieder eng an seine Seite zu ziehen.

»Nun wisst ihr also Bescheid, Kate und ich werden heiraten. Wir lieben uns und möchten hier eine gemeinsame Zukunft aufbauen. Und zwar nicht nur privat, sondern auch geschäftlich. Kate übernimmt ab jetzt komplett das Merchandising der Firma, während ich mich um die Tiere und den Besucherpark kümmere. Außerdem steigt sie auch finanziell voll ein und investiert erst einmal kräftig in unser Unternehmen. Wir haben viele tolle Ideen, die das Reservat landesweit bekanntmachen könnten. Ab jetzt sind wir Partner auf

Augenhöhe. Wieso ich euch das alles erzähle? Weil es euch genauso betrifft. Diese wundervolle, talentierte Frau setzt sich von nun an voll für das Wildlife-Reservat ein, was auch euch zugutekommt. Wir spenden von nun an monatlich einen Teil unserer Einnahmen direkt in die Ortskasse. Somit wollen wir unserem schönen Städtchen die Möglichkeit bieten noch lebens- und liebenswerter zu werden. Wir dachten an eine Komplettrenovierung der Schule und an den Bau eines neuen Spielplatzes. Selbstverständlich werden auch wir persönlich noch einen großen Betrag aus eigener Tasche spenden. Seid ihr damit einverstanden? Dies war übrigens alles Kates Idee, um das mal klarzustellen.«

Sekundenlang herrschte eine beinahe unerträgliche Stille im Saal.

Kate umklammerte Killians Hand noch fester. Sie war nervös. Wie würden die Leute jetzt reagieren? *Ob sie wohl mein Herz klopfen hören?*, dachte sie und ihr wurde leicht übel vor Aufregung. Dann jedoch begannen die ersten Gäste zu klatschen, was sich zu einem tosenden Applaus der Menge und viel Jubelgeschrei entwickelte. Kate und Killian waren im Nu umringt, schüttelten die nächsten Minuten über unzählige Hände und nahmen Glückwünsche an.

Manche davon waren ernst gemeint, einige wirkten etwas verkrampft und gekünstelt. Doch das war ihnen gleichgültig, es spielte keine Rolle. Sie wussten, dass sie im Laufe der Zeit auch die letzten Zweifler von ihrer Liebe überzeugen konnten. Denn sie war größer als das Leben und mächtiger als jeder negative Gedanke im Raum.

Selbst Christie hatte ihnen mit zusammengebissenen Zähnen ein »Gratuliere euch« zugeraunt. Danach war sie wutentbrannt aus dem Raum geflüchtet.

Einige Menschen konnten wohl einfach nicht aus ihrer Haut. Doch vielleicht bestand ja noch Hoffnung für sie. Kate glaubte weiterhin an das Gute in ihr. Denn trotz allem: Letzten Endes war Christie ihre Mutter und sie, ihre Tochter, würde diese immer lieben. Völlig egal, wie viele Fehler sie auch hatte. Das Band der Liebe war fest und undurchtrennbar.

Als sie endlich verschwinden konnten, fielen sie bereits im Auto wie ausgehungert übereinander her.

»Schaffen wir es vorher noch bis nach Hause?«, kicherte Kate.

»Vergiss es. So viel Selbstbeherrschung hab noch nicht mal ich«, grinste Killian, fuhr los und bog sofort in den Wald ein. Und dort gab es kein Halten mehr.

DANKE

Auf Anregung einer aufmerksamen Leserin habe ich mich dazu entschlossen, diesen Epilog im Nachhinein zu schreiben, obwohl er zuerst nicht eingeplant war. Die Meinung meiner Leser ist mir wichtig und ich finde, sie hatte recht. Ein Epilog rundet die Geschichte von Kate und Killian ab.

Ich freue mich über deine Rückmeldungen. Jede positive Rezension trägt dazu bei, dass auch andere Leser diese Story kennenlernen dürfen. Ich bin dir für deine Unterstützung wirklich dankbar – jeder fängt mal klein an und freut sich, wenn es vorangeht. Gerne kannst du mich auch über meine Facebook-Seite erreichen. Hier kommt der Link dazu:

https://www.facebook.com/Kat.Lawrence.Autorin

Oder einfach per E-Mail unter: Kat.Lawrence@web.de

Momentan schreibe ich fleißig an Teil 2 der Montana Shifters. Er wird auch im Verlag »Edition Autorenflüsterin« erscheinen und euch wieder in diese Welt entführen. Dabei werdet ihr auch Kate und Killian wiedertreffen, aber auch viel mehr über einige andere lieb gewonnene Personen dieser Geschichte lesen können.

Alles Liebe und weiterhin viel Spaß beim Lesen,

Deine Kat

AUSSERDEM BEI EDITION AUTORENFLÜSTERIN ERSCHIENEN

Das Leben ist eine Bitch!

Wie, verf**** nochmal, konnte ihr das bloß passieren? Vergessen? Schön wär's ja! Verzeihen? Auf gar keinen fucking Fall! Weiter machen? Aber sowas von! Seit Jahren der beste Weg ever.

Auch an der neuen Uni lebt die junge Sam nach diesem Motto. Beziehungen sind für ihre Psyche ein NoGo, bis sie auf Danny trifft. Der sexy Footballer bringt ihre eiserne Devise ins Wanken.

Never ever! Oder doch?

Aber einmal eine Bitch- immer eine Bitch... Die Vergangenheit schlägt erneut gnadenlos zu.

Das wird übel. Richtig übel!

New Adult Romance Thrill

Printed in Poland
by Amazon Fulfillment
Poland Sp. z o.o., Wrocław

58812698R00081